LA DESTINATION

“Domaine français”

DU MÊME AUTEUR

NUL SI DÉCOUVERT, L'Olivier, 2020.

Ce texte a bénéficié du soutien de La Chartreuse, Centre national des écritures du spectacle de Villeneuve-lez-Avignon.

ISBN 978-2-330-20772-4

VALÉRIAN GUILLAUME

La Destination

roman

ACTES SUD

Pour Cricri.
Pour Victor.

Aux fidèles des bords,
Qui, entre les lignes,
Se jouent des coefficients.

Saturnin Prodige n'était pas un homme comme les autres.

Personne ne pouvait être indifférent à ses allures de prince quand il défilait sur la promenade avec sa cape noire doublée de blanc et son sceptre fait de branchages, de plumes et de brindilles tressées.

Toujours enveloppé de velours, il ne se montrait qu'au moment où le soleil plonge à l'horizon quand les ciseaux des ombres festonnent le soir couturier. Dans les landes au milieu des ajoncs d'or, il se retirait tout entier dans la musique brutale et fascinante des ressacs d'après minuit. Il fallait l'écouter, là-haut, face à la mer, lorsque, en veillant sur les précipices, il répondait aux clapotements hystériques, sortant de leur sieste les goélands choristes. Il restait des heures entières à faire sonner à la trompette de longues lignes improvisées d'une musique répétitive dont chaque note ricochait de rocher en rocher jusqu'à l'avenir, laissant dans les bourrasques tièdes de l'été voler le fracas contre l'inédit.

Il habitait juste à côté de chez Gigi. La musique était le cœur battant de sa maisonnette insalubre et jaune aux volets bleus tout embaumés par la glycine grimpant sur la façade. Les mauvaises herbes avaient pris le dessus et tout un écosystème s'y développait. Son jardinet s'était, peu à peu, transformé en une jungle miniature parsemée de bouteilles, de cartons et de machins. Ses colocataires, c'étaient les chats cabossés du port qui, certains soirs d'été, lorsque le vent souffle dans leurs esprits des humeurs délicates, livrent à la nuit leurs miaulements rauques et tapageurs.

Il y a eu je ne sais combien de plaintes et La Destination s'est battue pour qu'il en vienne à tailler sa haie qui s'échappait de la clôture. Ils ont fini par se décourager et c'est le service technique qui deux fois l'an venait dégrossir les touffes débordant sur la rue. Il avait atterri ici dix ans auparavant. Il était arrivé puis il n'avait jamais su repartir. Un paysage quelquefois nous ramasse.

Saturnin Prodige ne connaissait personne. Les gens s'interrogeaient. Tous y allaient de leur théorie pour comprendre, expliquer, décrypter le phénomène afin de le faire entrer dans la logique naturelle des événements. Mais personne ne pouvait percer le cas Saturnin Prodige. Pendant la saison, les mangeurs d'huîtres et de crevettes des restaurants se trouvaient le plus souvent incommodés par cette figure locale. Alors les restaurateurs de la côte le chassaient dès qu'ils le voyaient traîner aux abords de leurs terrasses.

Le volume de son instrument compromettait la possibilité, entre deux dépiautages de langoustine, d'échanger quelques mots au sujet de la météo, du service ou du point de vue. Il n'était donc pas inhabituel pour Saturnin Prodige d'emmagasiner les mots fleuris et même de recevoir en complément têtes de crevettes et morceaux de coquilles.

Personne ne sait au juste ce qu'il pouvait bien faire de ses journées, quels étaient ses rêves et ses intentions et puis surtout quelle avait été sa vie, avant. Quelquefois, le matin, en hiver, on voyait sa silhouette zigzaguer aux alentours de l'arrêt de bus pour le collège. On apercevait de loin l'épaisse fumée odorante de ses cigarillos, dont le bout le trahissait dans l'ombre comme la lumière rouge d'un phare guidant une dérive.

Chaque année, les parents d'élèves lançaient une pétition. Ils disaient qu'il fallait se méfier. Ils disaient qu'on ne savait pas, qu'on ne pouvait pas savoir, ce qu'il y avait dans la tête d'un homme.

Certains prétendaient que Saturnin Prodige voulait donner de la drogue aux jeunes pour les emmener chez lui.

Gigi, elle dit qu'il n'a jamais fait de problèmes.

Il était à jour de tout et son propriétaire affirme qu'il payait son loyer sans le moindre retard. Il vous souriait et vous disait bonjour quand il vous croisait.

Pourtant, dès qu'il y avait quelque chose, on s'arrangeait d'une façon ou d'une autre pour qu'il en soit la cause : les traces de doigts sur les vitrines, le déplacement des barrières de stationnement, les fuites, les réservoirs siphonnés, la crevaison de la bouée décorative sur le parvis de la mairie, le pillage régulier des casiers de pêche, les rayures sur les voitures, le détournement des panneaux de signalisation, les vols des moteurs de bateau, du courrier dans les boîtes aux lettres, des géraniums dans les jardinières, cette mauvaise odeur d'huile, de cuivre et de cuir qui se répand parfois, les dégradations systématiques des parterres floraux sur les ronds-points, les déclenchements répétés de la sirène d'alerte en pleine nuit, les problèmes de réseaux, la chute de l'arbre au milieu de la route, l'incendie de l'ancien casino, les voitures tombées dans le port, cette étrange tache lumineuse qui apparaît parfois dans le ciel, les trous dans la caisse, dans la chaussée ou dans les chaussettes, les variations soudaines et inexplicables du thermomètre, les erreurs d'arbitrage, les problèmes de stock, l'orage et la tempête, les cris des nourrissons, les élections, la pollution, les explosions, la terreur de vivre et de mourir, les pieds dans le tapis et la fin du monde.

Saturnin Prodige s'est tué lundi dernier et, ici, pourtant, tout va pour le mieux.

JUILLET

Sur le port, dans la boutique de Gigi, on vend à peu près de tout mais rien d'important. Juste les souvenirs. Des raquettes, des serviettes, des bouées, des ballons. Et tous les jours pendant la saison, les touristes viennent y acheter des porte-clés, louer des vélos et demander *C'est par où la ruelle avec les maisons de toutes les couleurs ?*

Ici, dès le plus jeune âge, on nous fait répéter la musique des commerçants qui vous souhaitent dans un sourire la belle journée en vous remerciant. Alors quand Gigi me laisse aller derrière la caisse, je sais très bien mon rôle. Il suffit de faire le grand sourire et la voix aiguë qui chante. Plus c'est niais, plus ça plaît. *Et hop la petite pièce dans la tirelire-bateau !* Mais ça quand même, ce n'est pas souvent, car plus ils en ont, moins ils en donnent.

*

Aujourd'hui, c'était la folie. Avec les grandes marées, on s'est fait dévaliser. Il ne nous reste plus une seule épuisette et pourtant, ils ne sont pas tous là. Ils arriveront la semaine prochaine et alors ce sera autre chose. Gigi a appelé Titi pour qu'il vienne demain en urgence nous réapprovisionner.

Cindy Paréo, la folle d'en face au pagne toujours noué dans le dos, est venue nous tenir la jambe. Elle débarque tous les deux trois jours soi-disant pour nous faire un petit coucou, mais elle s'accroche comme une bernique à son rocher. Tout y passe et on y a droit dans les moindres détails. Cette fois, elle voulait spécialement nous montrer la photo de son fils dans le journal. Comme il est sapeur-pompier volontaire, il a eu les faveurs d'un article dans le bulletin municipal. Elle surchauffait et montrait ça à qui voulait dans la boutique. C'était fatigant. On ne l'arrête pas, Cindy. Elle peut rester plantée là l'après-midi entière. Pour qu'elle s'en aille, Gigi lui a demandé d'aller porter pour elle un colis à Rodrigue, le coiffeur d'à côté, alors elle s'en est allée toute contente d'avoir été missionnée. Pauvre Rodrigue ! À ce qu'il paraît, elle est restée jusqu'à la fermeture dans son salon, à épuiser tout le monde.

*

Avec les années, Gigi est devenue spécialiste pour de vrai. Elle maîtrise les spécimens de l'espèce humaine. Sans même vous regarder, rien qu'au rythme de votre pas ou à votre façon d'ouvrir et de refermer la porte, elle sait qui vous êtes, d'où vous venez et ce que vous cherchez. Mais cette année, Gigi dit que ce sera la dernière. Elle n'en peut plus des mouettes en céramique. Jusque-là, elle prenait un saisonnier pour l'alléger. Depuis deux ans, ce n'est plus possible, alors je l'aide un peu. Je fais ce que je peux.

Gigi ne voit pas le bout. Elle est toute bosselée et ses mains tremblent. La boutique l'attaque jusque dans le corps. Pourtant, il faut bien qu'elle tienne. Il y a les échéances et les redevances de la vie courante. Gigi ne pleure pas. Jamais. Mais tous les soirs quand elle ferme le rideau, elle a les yeux qui brillent. C'est la tristesse. Elle a tout fait toute seule mais elle regrette. *Je n'ai pas vu venir.* Depuis l'été dernier, Gigi a des à-côtés pour subsister : elle se propose ; elle se présente ; elle rend service. Elle prophétise. *Quoi qu'il arrive, je serai partie avant l'expiration de l'échéancier.* Tous les mardis, l'infirmier vient pour écouter son cœur et mesurer le souffle. *Vous ne marchez pas assez. Il faut vous reposer. Parce qu'à votre âge. Vous devriez prendre un peu l'air. Vous en avez de la chance, de vivre dans ce si beau paysage !* Mais définitivement, Gigi préfère internet, fumer et manger des chocolats à la liqueur dans son fauteuil tout troué. Et puis surtout, du matin au soir, derrière le comptoir, elle se consacre, entre deux encaissements, à jouer à des trucs en ligne et à donner son avis sur les forums. Elle fait à présent partie des membres les plus actifs et elle compte bien conserver son titre.

Gigi dit que je suis son soleil mais elle s'inquiète à cause de mes crises.

Allez, à ton âge, tout est encore possible !

*

Cette nuit encore, les basculeurs de poubelles se sont fait plaisir.

Bacs et conteneurs étaient répandus au milieu de la route. Morceaux de surimi, jeux grattés, préservatifs, emballages de légumes surgelés, formulaire médical, cotons-tiges, manche de poêle, cartes de Uno, bavoir sale, pinces de crabe. Le monde était sorti de sa poubelle et, dans le vent, les déchets dansaient la ronde de leur évasion.

Faire tomber les poubelles la nuit, c'est devenu une tradition estivale. Peut-être même le signe d'une soirée réussie. Et depuis quelques années, nombreux sont ceux qui l'honorent.

Ces poubelles renversées, en plus de perturber le ramassage municipal, empoisonnent la vie des agents de collecte. Ils n'en peuvent plus. Cette coutume plaît beaucoup à certains, mais un jour ça finira mal. *Qu'est-ce que tu veux, on ne va pas changer les gens.* L'été dernier, trois Parisiens de dix-sept ans se sont fait arrêter. Le père est allé trouver le maire pour s'excuser et alors il ne s'est rien passé. Comme c'est un sujet pour les locaux, La Destination promet depuis trois ans de mettre en place un système de poubelles verrouillables qui ne s'ouvriront qu'une fois inclinées dans la benne par le bras de levage, mais bon.

*

J'aime marcher seule la nuit pendant que La Destination sommeille.

C'est au niveau du centre nautique que j'ai trouvé Dickers, le chien jaune de Rodrigue le coiffeur. Il avait dégoté des chips et une bouteille de ketchup en verre qu'il maintenait devant lui avec ses pattes. Sans se décourager, il y embourbait sa langue, s'en mettant partout sur la truffe. À croire que ce chien s'est donné pour mission de fouiller chaque sac-poubelle de la promenade. Je ne sais pas où il avait traîné ce soir, mais il était tout sale. Les pattes pleines de boue, les poils entortillés d'algues, d'épines et de feuilles. Plus il est sale, plus il est fier. Quand Rodrigue l'envoie au toilettage, Dickers déprime pendant une semaine, il reste devant la porte du salon et il ne bouge plus, nostalgique peut-être de sa collection d'odeurs. Mais cette nuit, il m'a suivie tout le long de la promenade.

*

Au matin, quand les premiers bus sont arrivés, la billetterie pour la Pierre de l'Ange a commencé peu à peu à être prise d'assaut par les toucheurs de pierre. Bien que les caisses n'aient pas encore été ouvertes, ils semblaient plus déterminés que jamais à se consoler le cœur.

Sculptée par la mer dans le granit, la Pierre de l'Ange ressemble à un gros bébé souriant doté, dit-on, de nombreux pouvoirs qui varient en fonction de l'endroit où on le touche. *Les mains pour les finances. Le front pour la santé. Les yeux pour s'accomplir. Les joues pour les amis. Le ventre pour les naissances.* Si au toucher la Pierre devient chaude, c'est parfait, mais si elle reste froide, il n'y a plus qu'à s'y faire et à attendre que l'existence soit un peu plus clémente. Depuis qu'une émission américaine a consacré l'Ange, tout est devenu plus compliqué. La ville a dû mettre une plaque dorée et aménager de nouveaux espaces pour accueillir les visiteurs. Plutôt que de rester un lieu de passage, le village est devenu une destination. Alors pour éviter désenchantements et déconvenues, le maire a engagé une agence privée pour réguler l'affluence. Ils ont mis en place un dispositif de file d'attente avec des tourniquets et un système de billetterie en ligne. Les touristes n'ont plus qu'à se scanner pour profiter.

Quand les régulateurs du flux ouvrent la voie d'accès, les toucheurs de pierres se mettent dans tous leurs états. Ils se bousculent, paniqués à l'idée de se faire dépasser. Chaque jour, au cœur du circuit fléché, les régulateurs encadrent le tout. Ils lèvent des panneaux, ils donnent des coups de sifflet et les plus agités des toucheurs sont automatiquement évacués. C'est devenu une attraction incontournable. Chacun veut son moment privilège avec la Pierre. Les régulateurs ont bien du courage.

Au mois de mai, le stade municipal est transformé en un grand parking pour accueillir les autobus et les camping-cars. Le stationnement devient payant partout sur le port. Pour nous, c'est soit l'abonnement annuel, soit aller se garer à trois kilomètres d'ici. C'est loin, c'est cher et ça décourage.

La Destination a mis le paquet pour que les toucheurs de pierres aient le champ libre. Il faut les voir rire, pleurer, prier, embrasser, caresser et s'attraper. C'est un spectacle qui dure du lever jusqu'au coucher du soleil.

*

Avant l'ouverture de la boutique, j'ai regardé chacun reprendre son rôle. Le conducteur du petit train touristique. La mémé qui promène sa poussette vide. Bob et ses gaufres. Les voileux assidus. L'artiste et ses toiles. Les bus qui déposent des grappes de seniors dans nos paysages. Celle qui lit l'avenir en se mettant le petit doigt dans le nombril. L'homme drapeau de l'office de tourisme. Les familles organisées et nerveuses. Les groupes d'enfants captifs. Les rondes de la police municipale. Le mangeur de carottes qui dit que le soleil est un mirage. Les surveillants de plage. Et Monsieur How Many qui, inlassablement, poursuit ses comptes sur son rocher.

Chacun est à l'heure à son rendez-vous.

*

Titi est arrivé à 9 heures avec ses gadgets. On ne peut pas le rater : quand il tousse, ça fait un bruit de mobylette. D'habitude, il ne vient que les jeudis avec sa vieille camionnette mais là, il y avait urgence.

Quand ils sont ensemble, Gigi et Titi sont inséparables. Ils déblatèrent et redéblatèrent contre tout. La vie. Les choses. Les phénomènes. Ils sont incapables de s'arrêter. Ils ne font que parler. Ils étaient à l'école ensemble. Dans celle de la rade qui vient de fermer. Ils s'adorent : ils s'engueulent tout le temps. Gigi lui passe commande depuis toujours. Elle lui dit à peu près ce qu'elle souhaite. Et comme Titi sillonne la région, la semaine d'après, il lui rapporte à peu près ce qu'elle veut. Ils s'arrangent bien.

Titi se débrouille. Il serait bien capable de vous dégoter une assiette sans bord, une chaise sans pieds et même, pourquoi pas, la raison de l'existence. Titi, c'est un personnage notoire. Ici, il connaît tout le monde et tout le monde le connaît. Bon, il n'est pas au clair à tous les niveaux. Il a ses trucs et ses combines. Ce n'est un secret pour personne, mais qui que ce soit jamais n'osera venir lui dire quelque chose. Et Gigi a en Titi une confiance aveugle. Elle dit qu'elle pourrait lui réclamer la lune qu'elle l'aurait aussitôt dans son salon.

Il a rapatrié dans l'arrière-boutique une cargaison de trucs emballés dans des kilomètres et des kilomètres de plastique à bulles. Je ne sais pas comment ils s'y prennent, mais leur scotch a le don de s'accrocher aux doigts comme du papier tue-mouche. Gigi et moi, on a tout sorti. Elle, les torchons brodés, les montres-décapsuleurs, les piques à bigorneaux, les chapeaux pirates et les nouvelles casquettes avec mini-ventilateur USB intégré à la visière. Moi, toutes les boules à neige avec le phare des Baleines qui clignote lorsqu'on appuie dessus. Il n'y a jamais eu un seul flocon de neige sur la côte mais bon, ça émerveille.

Titi en a profité pour regarder un peu les vélos. Il y a trois ans, Gigi a eu l'idée, en complément de la boutique, de louer des vélos à assistance électrique. Le problème, c'est qu'il y a toujours un problème. Elle a essayé de les rendre mais c'est trop tard. L'entreprise a fermé. Il n'y a plus de technicien agréé. Personne ne peut plus rien pour elle, alors il faut rentabiliser : quand ça déraille, que ça crève ou que la batterie est à plat, c'est Titi qui s'y colle. Mais il ne peut pas faire ce qu'il veut à cause des assurances. Gigi attend patiemment que les derniers vélos rendent l'âme et puis elle arrêtera.

*

Chaque matin, même si la boutique ouvre à 10 heures, les loueurs arrivent trente minutes avant pour ne pas perdre une seconde de leur journée vélo. Ils attendent impatiemment l'ouverture. Ils sont parés, équipés, de la tête aux pieds de leurs tenues toutes neuves en microfibre.

Certains portent même ces sacs à dos high-tech qui font batterie externe avec poche à eau intégrée annexée par un tuyau en plastique transparent qui vient jusque dans leur bouche afin de leur permettre de boire tout en pédalant. Ceux de ce matin avaient fait des stocks d'amandes et de fruits secs qu'ils se faisaient passer entre eux comme une manne céleste. On dirait quelquefois qu'ils partent pour un tour du monde alors qu'en réalité ils feront cinq kilomètres maximum, mangeront une crêpe à midi trente au restaurant dans lequel ils ont réservé trois semaines auparavant pour être certains d'avoir la table qu'ils aiment bien, là où il n'y a pas trop de bruit, à côté du vieux gréement, photographieront deux ou trois mouettes, rouleront jusqu'au phare et se diront *Tu trouves pas qu'il fait un peu frisquet*, rendront les vélos puis rentreront tout fiers jusqu'à leur location.

Les gens sont là. Ils attendent qu'on les serve. Ils voudraient tout le temps que tout soit prêt. Que tout soit parfait. Ils attendent. Ils espèrent. Ils exigent. À la moindre bosse, au moindre reflet, au moindre ticket mal fait, ça nous pourrit dans les commentaires. Mais des commentaires, Gigi n'en a pas besoin, située là où elle est.

Gigi maintenant, elle s'en fout. *Je n'ai plus rien à perdre. La boutique est à moitié à la banque.*

*

Ce dimanche, il y a eu un monde fou. Ça ne s'est pas arrêté de la journée.

La saison est à peine commencée, pourtant le petit train touristique est déjà bondé. Et comme le terminus est pile devant Les Souvenirs du Port, ça fait que toutes les demi-heures en descendant des wagons, une fournée vient errer dans la boutique.

On a eu une bande de camping-caristes hollandais, un bus complet de Séjours Senior Exigence, le club des mamies aux chapeaux roses, la férue de mots fléchés, le petit libraire qui est venu nous déposer son clafoutis de cerises au gingembre, plusieurs costumes en séminaire, de jeunes couples perdus dans les bracelets, les mères parfaites avec leurs sacs de la médiathèque, trois motards à bandana, Dickers bien décidé à braver l'interdiction formelle d'entrer dans la boutique pour faire le beau et, le clou du spectacle, Mme Lilin, l'ancienne CPE, qui est tout de suite sortie quand elle m'a vue.

En tout cas, moi, j'ai pas arrêté d'emballer des mouettes. Aujourd'hui, c'était vraiment la journée des mouettes. Tout le monde voulait des mouettes.

*

Vers 17 heures, un vieux monsieur qui ressemblait à une poule s'est mis dans une colère noire. Comme nous venions de nous faire dévaliser, nous n'avions plus de pochettes cadeau. Gigi a alors proposé à l'homme-poule d'envelopper sa compilation des plus beaux chants marins dans une feuille de journal entourée d'un petit ruban. Mais lui, au lieu de s'en accommoder, il a pété les plombs. *Ce n'est ni fait ni à faire, c'est indigne des services proposés par La Destination.* Selon lui, nous ne méritions pas notre label Qualité. Sa femme qui se tenait derrière, complètement tétanisée par son personnage de mari, l'a prié dans un chuchotis crispé de s'arrêter. Mais lui, il s'est mis à gueuler. *Je n'ai jamais vu ça ! Vous devriez quand même faire preuve d'un minimum de gratitude. C'est nous, c'est notre fric qui vous fait vivre !* Gigi est devenue dragon. Après l'une de ses longues respirations qui veulent tout dire, elle lui a ri au visage. Alors irréparablement vexé, il a donné des coups de genoux dans la vitrine attenante à la caisse qui en tombant s'est explosée en mille morceaux sur le carrelage, et ça n'a pas manqué de faire tomber l'étagère voisine. C'était dommage pour les figurines et les liqueurs. En plus, ça collait. Je ne raconte pas le temps que j'ai mis à nettoyer ça, le tout en m'assurant à chaque instant que personne ne marche dedans. Tout le monde dans la boutique baissait la tête sans dire un mot mais Gigi, elle le regardait droit dans les yeux, fixement, sans bouger, avec sa tête terrible qui voulait dire tu fais pitié mon gars. Finalement, sa femme a réussi à le traîner pour sortir mais, au seuil de la porte, il a lancé son CD comme un frisbee à la gueule de Gigi. Les gens dans la boutique ont fait comme si de rien n'était, bien décidés à trouver leurs prénoms dans le tourniquet aux bols.

Je n'avais pas fini de nettoyer les ravages de l'homme-poule, qu'une famille d'Allemands a déboulé. Ils étaient sept enfants et chacun voulait une glace différente. Comme je ne comprenais rien à ce qu'ils disaient, ils me montraient avec leurs doigts sur le présentoir. Twister, Rocket, Magnum, Calippo, Cornetto, pousse-pousse, Solero. Le plus petit d'entre eux voulait absolument me donner l'argent lui-même. Son grand frère l'a porté pour l'aider mais, dans un faux mouvement, le petit a fait tomber toute la monnaie au fond du bac à glaces. *Sorry sorry.* J'ai dû sortir une à une toutes les glaces en plongeant dans le freezer pour attraper chacune de ses petites pièces qui ont eu l'art et le don de se glisser dans les endroits les plus inaccessibles du bac.

C'était la goutte d'eau. J'ai commencé à voir les choses tourner. Le trou dans ma tête s'est ouvert d'un seul coup et des rafales de mots me sont arrivées. Je me suis mise à respirer fort et à devenir toute chaude.

Quand elle a vu ma tête, Gigi a tout de suite compris. *C'est bon, c'est bon.* Je l'ai laissée rentrer les tourniquets et je suis partie.

*

J'ai marché jusqu'au bout du port et je me suis assise sur la grande cale du chantier naval. J'avais mille mots dans la tête qui me faisaient les vertiges. Comme j'avais peur que ça déborde, je concentrais mon esprit sur autre chose. La marée effaçait les cœurs et les châteaux sur la plage. Je comptais les intervalles entre chaque vague. Puis, j'ai trouvé un petit morceau de miroir par terre. Je me suis amusée à me faire des grimaces dans son reflet. Bouche. Front. Dents. Langue. Narines. Lobes. Mâchoires. Est-ce que c'est moi, tout ça ? Je modelais ma grosse tête à l'infini avec l'étonnement d'être ainsi fabriquée et cela a commencé à me faire rire et plus je riais, plus j'oubliais les mots en moi.

C'est alors que Fonfon a foncé dans ma direction à toute allure avec son scooter. Il faisait des dérapages et, à chaque coup, il me criait *T'as vu ? T'as vu ?* Comme je ne répondais pas, il a mis son engin sur béquille et il est venu s'asseoir à côté de moi. Il n'arrêtait pas de me sourire avec ses dents jaunes et puis il s'est mis à lancer plein de cailloux dans l'eau. *T'as vu ? T'as vu ?*

Fonfon, c'est un gars du port. On n'a rien à se dire mais je l'aime bien. Son père vit derrière chez Gigi. Il a le garage qui est entre le collège et la caserne. Tout le monde se méfie de lui parce qu'il est sanguin, mais c'est pas grave parce qu'il répare bien et pour pas cher. Fonfon, lui, il est triste mais il n'est pas méchant. Il louche et passe son temps à faire des bruits avec sa bouche. *T'as vu ? T'as vu ?*

Gigi ne l'aime pas tellement parce qu'il fait trop de conneries. En attendant, au collège, il m'a toujours défendue. Quand j'étais en sixième, il était en troisième et être sous l'aile d'un Fonfon, ça faisait fermer des gueules. Il a redoublé et on m'a laissée tranquille jusqu'à la fin de la cinquième. Mais depuis son départ, les choses ont bien changé. C'est devenu le festival des cons.

Fonfon m'a mis ses musiques mais je n'arrivais pas à écouter parce qu'il riait tout le temps en me faisant des têtes.

On a marché jusque chez Bob. On ne fait jamais la queue. Il nous a vus grandir et à chaque fois il nous donne une brioche. Fonfon a gobé la sienne d'un seul coup. Il a failli s'étouffer. Tous les goélands sont venus autour de nous pour nous faire danses et fanfares. Dickers a couru vers moi dès qu'il m'a vue. Il a posé son museau humide sur ma cuisse. Il sentait l'huile et le poisson. Il me regardait avec ses yeux d'ambre qui ont le privilège de connaître l'éternité. Il semblait épuisé par ses cavales. Il n'a même pas pris la peine d'aboyer sur les oiseaux. Le vent gonflait ses poils et sa langue flottait hors de sa gueule comme un petit drapeau rose.

Je lui ai donné le reste de ma brioche. Il a laissé les miettes pour les oiseaux.

*

Je ne sais pas ce que j'ai. C'est de pire en pire. De pire en pire. Les mots dans ma tête. C'est une voix qui me parle. Je ne sais pas ce que c'est. Ça ne s'arrête pas. Quelquefois, c'est trop et je n'arrive plus à bouger. J'ai peur. C'est comme si quelque chose allait exploser. Gigi dit que tout ça, ce sont les angoisses et qu'à mon âge c'est encore normal.

Quand ça s'emballe, je pars marcher. Je me concentre sur des trucs. Je compte les mouettes sur la plage. Je trace des bâtons au crayon dans un cahier. Je me fais plusieurs fois les tables de multiplication, les arrêts de la ligne de bus ou l'inventaire des articles dans la boutique.

Un jour, au self, entre les friands au fromage et le bac à purée, les mots m'avaient prise. Je m'étais mise à trembler et j'étais tombée par terre avec mon plateau. Tous s'étaient moqués de moi et on a fini par m'appeler la tarée. C'est pour ça, le collège, c'est fini. Je ne veux plus y retourner. On s'est trop foutu de ma gueule. Je ne veux plus souligner le titre en rouge, m'asphyxier au tableau dans les poussières de craie, colorier sans déborder les gouffres de mon cœur trop gros, m'effacer dans le fond en comptant les chaises et aller vomir la vie en cachette à chaque récréation. Je ne veux plus. Je ne peux plus. Ma mère, les profs, tout le monde dit qu'avec moi *on a tout essayé, il n'y a rien à faire.*

Heureusement, il y a Gigi pour croire un tout petit peu en moi.

*

Gigi est en boucle. Elle s'inquiète. Les vacances scolaires n'ont même pas commencé qu'elle ne me parle que de la rentrée. Elle voudrait m'aider. Elle dit qu'il ne faut pas que je reste comme ça. *Il faut que l'on te trouve quelque chose.* Alors, elle fait des recherches qui servent à rien sur internet. Je lui dis que ça va, que c'est bon, que c'est pas la peine, mais elle ne me lâche pas. Elle me parle de plateformes, de dépôts, de fiches, de formulaires et de cases. Je n'y comprends rien. Elle est gentille. Je m'en fous. Je prends sur moi. Je dis *OK*. Je dis *D'accord.* Je dis *Ouais ouais.*

*

À 15 heures, je suis partie chercher mes bulletins chez ma mère. *Sans un dossier complet, on ne pourra rien faire.* Devant la boutique, Dickers dormait. Il venait de finir une carcasse de poulet et il était allongé dans les rayons de lumière, les deux pattes devant lui, comme s'il allait plonger. Je lui ai caressé la truffe qui était bien chaude. Il a ouvert un œil puis l'autre et il a sauté en l'air parce qu'il m'adore. Il m'a suivie jusque chez ma mère qui habite dans les hauteurs du quartier de la Belle Épine.

Ma mère, c'est une vraie snipeuse. À peine j'étais arrivée en bas de la tour, elle m'avait détectée. Elle était déjà postée à la fenêtre. Et quand elle a vu Dickers, j'ai cru qu'elle allait s'évanouir. *Qu'est-ce que c'est que ça, il ne monte pas !* J'ai laissé Dickers dehors et j'ai pris son petit ascenseur pourri jusqu'au sixième. Porte ouverte, elle m'attendait. Elle était en peignoir avec une serviette sur la tête et des lunettes de piscine sur les yeux. *Qu'est-ce que tu veux ?* J'ai quand même eu le droit d'entrer. Elle m'a mis du spray trois fois et elle m'a suivie de près. Elle fait de plus en plus peur. Quand elle vous regarde, on ne sait pas si elle va pleurer ou cracher du feu. *Attention,*

attention, fais attention ! Et, comme à chaque fois, j'ai dû retirer mes chaussures et faire glisser mes pieds sur des patins pour traverser le salon en suivant le chemin précis.

Ça fait des années qu'elle a arrêté le travail. Depuis, du matin au soir, elle se consacre à la chasse aux poussières. Elle est contente. Elle se fait tout livrer. Elle ne sort de chez elle que pour récupérer les colis. Elle passe son temps à nettoyer et à renettoyer. C'est une toquée du chiffon. Elle n'a plus de vie dehors. Elle répète qu'il y a toujours trop à faire dedans. Même si, à mon avis, elle l'était depuis longtemps, la version officielle veut que ma mère soit folle depuis que mon père est mort. C'était il y a un an. Accident domestique. Il avait un peu trop bu et il s'est étouffé avec un morceau de bavette à l'échalote. C'est pour ça que maintenant j'ai un peu de mal avec la viande. Sauf dans les hamburgers, quand elle est tendre.

Quand j'allais encore au collège, je vivais ici, et, chaque soir, je devais me déshabiller à l'entrée, mettre tous mes vêtements dans un panier, me désinfecter, courir toute nue pour aller me doucher. Ma mère faisait alors la voiture-balai pour vérifier que mes pieds n'avaient rien taché. Tout ça nous prenait des heures et je ne pouvais rien faire pour y échapper.

Depuis mon départ, ma chambre a été transformée en salle de rangement. J'ai eu du mal à retrouver mes affaires, qu'elle a classées par thèmes dans de grandes boîtes en plastique : tissus, papiers, photos… Pendant que je cherchais mes bulletins et mes certificats, elle s'est mise dans tous ses états. Elle n'a pas arrêté de toquer à la porte pour savoir, précisément, ce que j'étais en train de faire. Derrière la porte, je l'entendais gesticuler. *Attention ! Fais attention !* Je sentais que ça allait partir en vrille. Je me suis dépêchée et quand je suis sortie, elle avait les yeux de la folie. Elle me tournait autour avec son aspirateur. Je crois qu'elle dort avec. Un jour, peut-être, elle finira par m'aspirer. Elle est folle mais bon faut pas juger.

Depuis que je suis partie, elle a mis des protège-tout partout. Le salon est entièrement bâché. Cette fois, elle était calme. Elle ne m'a rien balancé dessus. *C'est bon, t'as fini ?* Et je suis partie. Elle fait ce qu'elle peut, c'est-à-dire pas grand-chose.

En bas, sur le parking des tours, j'ai croisé le gars au caddie. Gigi dit qu'avant c'était un Monsieur. Il faisait les finances et puis il a pété les plombs. Comme toujours, il m'a donné un coca et a parlé de la lumière. J'ai réussi à partir au bon moment, juste avant qu'il ne se mette à me parler de rock'n'roll, sans quoi j'y serais encore.

Ses histoires de solos, de labels et de tournées, j'y avais droit tous les soirs en rentrant du collège. Personne n'a le courage de l'écouter, pourtant il a bon cœur. C'est tout ce qui lui reste.

*

Ce soir, comme il pleuvait à grosses gouttes, les visiteurs sont rentrés dans leurs locations. Certains, les plus décidés d'entre eux, ont quand même tenu à déguster une dernière crêpe, dans des restaurants qui attendaient de pouvoir fermer.

Au niveau du petit parc, à côté du casino, je suis tombée sur Fonfon. J'ai voulu passer inaperçue mais il m'a crié dessus pour que je vienne le voir. Il était avec deux nouveaux potes à lui, la Mèche et Chouillu. Ils sont plus âgés mais, comme lui, ils ont les visages taillés par le paysage. Ils portaient tous les trois la même espèce de maillot de la NBA et des casquettes trop grandes pour eux dont les bords étaient recouverts des traces blanches de leur transpiration qui avait séché pendant la journée. Ils étaient surexcités. Ils n'arrêtaient pas de se donner des coups. Fonfon faisait de drôles de sons et il s'amusait à jeter en l'air sa mini-enceinte connectée en la rattrapant au tout dernier moment, avant qu'elle ne touche le sol. *T'as vu ? T'as vu ?* La Mèche ne disait rien. Il fumait sa cigarette mouillée qu'il était obligé de rallumer toutes les deux secondes. Chouillu, de son côté, faisait *Boum-boum* avec sa bouche mais il n'était jamais en rythme avec rien, et quand il s'arrêtait, c'était pour cracher. La Mèche porte bien son nom car il faut admettre qu'il en a une sacrée au sommet de son crâne rasé. Longue et multicolore, elle lui balayait régulièrement le visage, si bien qu'il passait son temps à la remettre sous sa casquette. Ils m'ont demandé si je voulais boire et, sans attendre ma réponse, Chouillu m'a donné sa grande bouteille en plastique. C'était un mélange rouge très sucré. Je n'arrivais pas très bien à comprendre ce qu'il y avait dedans. Quand j'ai demandé, la Mèche m'a expliqué qu'eux non plus, ils ne le savaient pas. *On y verse ce qu'on trouve.* C'étaient les ténèbres du cul jusqu'au goulot. Ça m'a tout de suite donné le tournis. J'ai mis les mains sur mes joues pour voir si elles étaient chaudes, et elles étaient brûlantes.

Quand la pluie et le vent ont redoublé, les garçons ont décidé que ce serait marrant d'aller s'abriter à côté, dans le vieux carrousel. Le manège était protégé mais Fonfon a forcé l'ouverture avec sa clé de scooter et son briquet. La voie était libre. *Venez ! Venez !* Une fois à l'intérieur, Chouillu a demandé à Fonfon de baisser sa musique pour qu'on ne se fasse pas remarquer. *Ça va. Pas la peine de stresser. Ça va !* Alors, la Mèche a donné un gros coup à Fonfon dans le ventre avec la semelle de la chaussure qu'il venait de retirer pour essorer ses chaussettes. Et Fonfon a baissé la musique.

Lorsqu'ils ont allumé les lumières de leurs téléphones, on a tous explosé de rire en regardant les animaux en bois. Avec les ombres, les formes et les lumières, ça faisait comme dans un rêve. Chacun a choisi un animal pour s'asseoir dessus. Fonfon était déchaîné. Il a pris la casquette de la Mèche pour la mettre sur la tête de l'hippopotame qui tire la langue, puis il a tenté de se mettre debout sur la girafe pour faire *Hue !* mais il est tombé sur Chouillu qui lui a foutu des pains.

Ces trois-là communiquent principalement par le biais de sons, de grognements et de phrases suspendues qu'il faut deviner, décrypter ou compléter. La Mèche a dans la voix un enrouement continu. Fonfon et Chouillu, eux, font la paire : quand l'un bégaye, l'autre bafouille. Ils se connaissent à peine mais ils ont trouvé leur langage et se comprennent parfaitement. Comme les pieds d'un tabouret, chacun est nécessaire à l'autre. Ils sont les trois membres d'un orchestre qui sent le tabac froid, le sucre et la substance. La Mèche serait les vents. Fonfon les cordes. Chouillu les percussions. Chacun tient sa mesure.

Moi, je ne pensais à rien. C'était bien. J'avalais leur truc et puis à un moment, Chouillu a craché sur Fonfon sans le faire exprès, alors Fonfon est devenu fou. Il s'est mis à lui faire sur la joue des pichenettes que Chouillu balayait aussi sec d'un revers avec le poing serré. Et, en même pas une seconde, Chouillu a exécuté une prise spéciale qui a fait tomber Fonfon par terre. Ça a déchiré son pantalon. Fonfon était dégoûté. Il ne pouvait pas bouger, Chouillu le tenait collé par terre avec son genou. Ils ont commencé à se faire un mélange de tapes et de chatouilles en se roulant dessus, mais ils se sont tout de suite arrêtés quand on a entendu du bruit derrière la bâche du manège. Une voix nous a crié *Hé ho !* On s'est regardés avec les yeux écarquillés. La Mèche a chuchoté à voix basse qu'à trois on détalerait. *Un, deux, trois.* Mais Fonfon a glissé en se ramassant dans les lambeaux de son pantalon. Chouillu a alors poussé un cri de panique et il est devenu blanc, puis bleu. Il n'arrivait plus à bouger. La Mèche m'a demandé de l'aider à le porter mais une lumière aveuglante s'est braquée sur nous et, dans l'éblouissement de nos regards, une grosse voix a résonné.

Police nationale !

Mais la voix a tout de suite été suivie de grands rires. Ils appartenaient à une bande de gars en cirés kaki. Eux aussi ne faisaient que rire, mais d'un rire différent. Et même si la voix de flic était vraiment très mal faite, sur le coup, on a quand même tous eu peur.

Celui qui était l'auteur de la blague s'est approché de nous. Il a parlé à la Mèche. Comme s'ils s'étaient reconnus dans leur fonction, à la manière de deux chefs de guerre qui s'approchent l'un de l'autre pour aller en reconnaissance avant la bataille, ils se regardaient dans les yeux sans cligner et ils se parlaient très vite.

Leur chef s'appelait Ambroise. Il était bien peigné. Il ne s'exprimait qu'en prenant des voix et en répétant infatigablement un florilège choisi mais restreint de répliques de films qu'aucun de nous n'avait vus. Derrière lui étaient postés quatre autres gars qui, au début, avaient décidé de ne pas décrocher un mot. Quand Fonfon et Chouillu s'approchaient d'eux, ils faisaient semblant d'être américains. Ils portaient tous des sandalettes et de beaux bracelets en bois un peu comme ceux que Gigi vendait l'été dernier.

Les lampadaires de la promenade venaient de s'éteindre, alors tous ensemble, nous nous sommes mis en marche. La Mèche était notre guide. Il connaît la ronde des vigiles de la côte par cœur. En fonction de leur situation sur la promenade, il peut estimer le temps qu'ils mettent pour aller d'un point A à un point B. Nous le suivions lentement, nous arrêtant de temps en temps pour nous passer des trucs, allumer quelque chose, guetter dans les jardinets et dans les restaurants la possibilité d'un oubli fortuit.

Chouillu a trouvé dans le hangar des Sauveteurs en mer une grosse poche de cubi de vin rouge qu'il a déshabillée de son carton. Il la serrait contre lui comme une cornemuse car il avait peur qu'on la lui pique. Il versait lui-même le vin dans la bouche. Il fallait s'approcher de sa poitrine pour la tétée. La bande à Ambroise faisait *Ouin ouin* pour signifier qu'ils avaient soif et tellement ça les faisait rire, ils étaient obligés de se tenir pour rester debout. Puis, on est entrés dans le camping premium tout neuf. Les garçons piquaient des trucs dans les mobile homes encore vides. On a fait les cons dans les jeux pour enfants. Quand ils se sont mis à jeter des bouteilles en l'air, une voix nous a crié dessus. C'était le gérant du camping. Il tenait un tuyau d'arrosage. Il nous a arrosés mais avec la pluie, mouillés, on l'était déjà. Il a couru vers nous alors on a couru aussi. La bande à Ambroise s'est fait attraper mais la Mèche, Fonfon, Chouillu et moi, on a escaladé le grillage. Fonfon y a laissé son pantalon. Il a fini en slip sur la promenade alors forcément, la Mèche et Chouillu se sont foutus de sa gueule. On a couru en évitant la patrouille et on s'est cachés derrière l'office de tourisme. On n'en pouvait plus. J'essayais de reprendre mon souffle, mais Fonfon et Chouillu ont piqué une brouette décorative sur un rond-point, m'ont mise dedans et ils ont commencé à me faire faire des dérapages et des descentes. J'ai cru que j'allais mourir, puis ils m'ont déposée devant l'ancienne maison de Saturnin Prodige.

*

En rentrant, j'ai renversé tous les tourniquets dans la boutique. Il y avait des cartes postales partout par terre. Quand je suis montée, Gigi était dans son fauteuil. Elle ne m'a même pas regardée. *Tu fais bien ce que tu veux. Après tout, c'est ta vie, je ne veux plus rien savoir.* Je me suis écroulée à plat ventre dans le petit canapé du salon. Ça tournait de partout. Chaque image dans ma tête se transformait en un couloir de lumières. Gigi n'arrêtait pas de me parler. Je transpirais beaucoup et chaque goutte me sortait dans un tapis de frissons douloureux. Un goût très acide m'est monté dans le fond de la gorge et je me suis levée à toute vitesse pour vomir dans l'évier. Gigi a poussé un cri. Je venais de me répandre dans la vaisselle propre. Gigi a ouvert toutes les fenêtres. Elle m'a donné à boire de grands verres d'eau. Je ne me souviens de presque rien, à part qu'elle faisait de petits non avec la tête. *C'est pas possible, c'est pas possible, c'est pas possible.* Elle m'a aidée à monter jusqu'à mon lit en mousse et je me suis endormie avec l'impression d'être sur un bateau, une nuit de tempête.

La vie quelquefois, c'est vraiment des toboggans.

*

J'ai dormi presque toute la journée. En fin d'après-midi, Gigi est venue me voir. Elle m'a fait une caresse avec ses grosses mains, m'a demandé si ça allait mieux et elle m'a raconté. *Ç'a été atroce aujourd'hui.* Sa voix était complètement éteinte. Elle avait perdu patience et fermé plus tôt en mettant tout le monde dehors. *Ce serait bien de sortir un peu.* Elle m'a proposé d'aller manger chez Fabrice. J'ai dit d'accord mais avant, elle devait apporter des draps propres dans l'une des maisons dont elle s'occupe. *Ce sera rapide.* Je me suis levée pour l'accompagner. J'avais mal à la tête. J'ai galéré à m'habiller. On a marché le long de la plage. L'air frais faisait du bien.

Il restait encore quelques toucheurs de pierres qui attendaient leur tour dans la file.

Sur la promenade, comme elle connaît tout le monde et que tout le monde la connaît, Gigi marche super vite. Pour éviter de s'arrêter quand on la salue, elle fait un sourire et un petit geste pour dire qu'elle est pressée. On est passées devant chez Bob mais il ne nous a pas vues. Il était débordé par les mangeurs de glaces et de beignets de fin de journée. À côté, il y avait Cindy Paréo qui faisait son numéro. Elle s'était trouvé un couple de retraités qu'elle était bien décidée à ne pas lâcher de sitôt. Il y avait un monde fou. Alors on a coupé par la pinède.

On a emprunté un chemin qui monte. Gigi a ouvert un portillon. Il donnait accès au jardin immense d'une grande et impressionnante propriété. Gigi a traversé la cour de graviers blancs en vérifiant que les parterres fleuris allaient bien, puis elle s'est enfoncée dans les acacias et dans les touffes roses et jaunes. C'est à cet endroit qu'elle a récupéré la clé suspendue à l'intérieur du nichoir à oiseaux. On a marché sur les ronds japonais dans la pelouse très verte jusqu'à la porte d'entrée. Gigi m'a dit que c'était la maison de vacances de Madame.

Madame ne vient plus que de temps en temps, désormais, pour se reposer et profiter un peu du paysage. Gigi l'a rencontrée il y a quelques années. Madame organisait à ce moment-là une réception chez elle et cherchait à tout prix à offrir à ses convives *un petit quelque chose* pour qu'ils se souviennent de cette soirée. Gigi s'était démenée auprès de Titi pour proposer des paniers d'assortiments avec thé aux fleurs, pots de miel de sapin, mignardises, parfums, encens et caramels fondants qui ne collent pas aux dents. Ils en avaient été plus que satisfaits, alors Madame au fil des années avait demandé plusieurs fois à Gigi de reconduire l'idée tout en renouvelant la formule. Et quand Gigi a vu s'approcher au loin le début de la fin, elle s'est proposée pour des petites choses en plus.

Depuis, Gigi vient s'occuper de sa maison lorsque Madame est à la ville. C'est plein de petits trucs comme le linge, le courrier, les plantes, le chauffage en hiver, ou recevoir les ouvriers, les experts et les paysagistes qui viennent régulièrement. Quand Madame s'annonce, Gigi prépare la maison afin qu'elle soit ouverte et fonctionnelle pour son arrivée. Mais Madame ne vient pas souvent, seulement deux à trois fois par an.

Dans l'entrée, elle m'a fait enlever les chaussures pour ne pas salir. *Reste là. J'en ai pas pour long.* Puis, elle est montée à l'étage faire les lits.

Je me suis avancée silencieusement pour regarder les choses.

L'intérieur de la maison était incroyable. Une grande baie vitrée offrait une vue splendide sur le phare et filtrait la lumière grâce à un système de stores bizarres en acajou. Sols et murs étaient recouverts du même marbre blanc. Au centre de la pièce, un tapis circulaire prenait la moitié du salon dans un camaïeu de bleus dont le tissage dessinait des motifs mauves qui me faisaient penser aux reflets du soleil quand il est avalé par la mer. Sur chaque mur, une répétition de miroirs fumés asymétriques rendait en reflets les variations du jour qui couche. Une horloge sans cadran ni chiffres indiquait l'heure et une série de canapés compliqués encadraient un grand fauteuil en velours rose en forme de chewing-gum géant que l'on aurait fraîchement mâché. Sur l'imposante table basse composée d'un plateau noir posé sur une base en chêne se trouvaient des jarres en plastique fluorescent, des livres d'art et une série de poupées russes en silicone. Tout autour, il y avait plusieurs porte-revues et une dizaine de cages à oiseaux vides, de plusieurs tailles. Au centre de la pièce était suspendu un immense lustre en forme de lune qui tournait sur lui-même et, face à la mer, triomphait un piano à queue magnifique.

Je n'en avais jamais vu en vrai.

Je me suis approchée doucement, comme s'il s'était agi d'un animal endormi. J'ai ouvert son couvercle et j'ai eu des frissons. Quand j'ai vu le clavier, je n'ai pas pu m'empêcher d'appuyer sur une touche avec l'index et alors le son de l'instrument m'a prise par le ventre. Le petit trou dans ma tête s'est ouvert tout à coup et je me suis mise à promener tous mes doigts sur les touches.

Le piano me répondait et tous les mots de ma tête se sont mis à sortir de ma bouche.

Je suis devenue hors mesure.

*

Je serais incapable de dire combien de temps cela a duré, mais Gigi m'a sortie de la musique en me secouant très fort. Elle était toute blanche. Je ne saurais pas dire si elle pleurait mais elle a pris sa tête entre ses mains. *Là non vraiment là, ça ne va plus.* Elle a fermé le piano. *Ça non, ça ne se fait pas. Ici, on touche avec les yeux.* Gigi a ramassé le panier à linge qu'elle avait fait tomber et a été le déposer dans la buanderie. Elle s'est dirigée vers la porte *Allez on y va* et elle a fermé la maison avec une lenteur inquiétante.

*

On est quand même allées chez Fabrice. Je n'ai pris qu'une crêpe au citron et un diabolo. Nous n'avons presque pas parlé. Gigi touillait continuellement le sucre dans sa tasse à café. Elle regardait sans bouger le flux continu des corps touristiques déambuler sur la promenade avec leurs cornets, leurs joies et leurs appareils photos.

Devant nous, sur son caillou, Monsieur How Many en était toujours à compter. Il passera un nouveau million demain vers 16 heures.

Monsieur How Many ne quitte jamais son rocher.

Jour et nuit, face à la mer, sa robe rose et ses longs cheveux blancs dansent au rythme des vagues. Personne ne l'a jamais vu cligner des yeux.

Monsieur How Many n'a pas toujours été Monsieur How Many.

Il y a des années, il était le carillonneur de la côte. Quand ça sonnait de travers, on l'appelait à la rescousse. Il s'occupait des cloches et des beffrois de la région.

Il entamait chaque journée avec minutie. Dès l'aube, il montait en haut des églises pour réviser les mécanismes, graisser la chape des battants et se consacrer à l'accordage des carillons, ajustant avec soin les bords des cloches pour obtenir les notes les plus harmonieuses qui soient. Des marteaux aux pivots, il scrutait méticuleusement chaque pièce afin d'en déceler l'usure potentielle, et, le cas échéant, en remplacer promptement les éléments défaillants. Il équilibrait les ressorts, ajustait les liaisons pour que l'ensemble sonne avec une force régulière et rythmée. Une fois l'inspection terminée, il procédait au nettoyage méticuleux des cloches et éliminait saletés, poussières et traces de corrosion.

Il avait appris ça tout seul, à l'oreille. Sa vie était un ballet complexe d'attention aux détails, de réglages précis et de préservation de l'harmonie acoustique des carillons qu'il chérissait tant.

Mais ce qu'il aimait le plus, c'était donner vie à ses compositions sur le clavier du carillon.

Seul dans sa tour, il laissait ses doigts danser sur les touches en bois usées. Le toucher de Monsieur How Many savait révéler la personnalité de chaque cloche. Il jouait avec une telle précision et une telle émotion que nombreux étaient ceux qui se déplaçaient pour profiter de ce spectacle quelque peu suranné. C'était une longue et énigmatique conversation musicale entre Monsieur How Many et la tonalité de chaque cloche. Il savait explorer la palette sonore du carillon, créer des nuances, des creux et des variations, ajuster la force des frappes. Il avait le talent du silence qui permettait à chaque note de résonner puissamment dans nos poitrines. Tous l'auraient voulu pour leur mariage ou pour leur enterrement.

Chaque année, pour la journée du patrimoine, il offrait à la ville une nouvelle composition.

Un jour, l'affluence dans le beffroi de la place Saint-Jean était telle qu'une longue queue attendait de pouvoir découvrir l'instrument. Une élue territoriale avait fait le déplacement avec ses petits-enfants, bien décidée à leur montrer le carillon. Le département avait accordé une belle subvention en faveur de sa restauration. Dans le beffroi, les enfants s'agitaient sous la charpente en bois. En dépit de la sécurité, chacun voulait sonner sa cloche. Une partie de la structure a fini par céder et une cloche est tombée sur la tête de Monsieur How Many.

Il est resté plusieurs semaines à l'hôpital.

Quand il s'est réveillé, il ne savait plus parler qu'en chiffres. La vie l'a éjecté sur le bord.

L'été qui a suivi, il a traversé la plage, il s'est assis sur son rocher et il s'est mis à compter. Il ne s'est jamais arrêté. Locaux et touristes s'en sont plaints pendant des années. Mais, aujourd'hui, près de vingt ans plus tard, il fait partie du paysage et on le prend en photo. Il pourrait presque être classé au patrimoine.

Depuis, un système électrique a été installé par la municipalité, les cloches sonnent toutes seules et tout va pour le mieux.

AOÛT

L'été nous a pris dans sa ronde.

Chaque jour, un nouveau peloton de toucheurs de pierres vient cuire dans nos terrasses et dans nos panoramas. C'est la folie. Ils passent leurs journées à faire des réservations pour les activités, étudier les prix et comparer les services. Ils ne veulent pas se faire avoir. Ils se feront avoir quand même. Tout est fait pour ça. Ils se marchent dessus. Toute place libérée est instantanément prise d'assaut et pour la moindre crêpe, il y a un kilomètre de queue. Plus c'est bondé, plus les gens gueulent et s'engueulent. Et si en plus il se mettait à pleuvoir, ce serait une vraie tragédie.

À la boutique, il y a un monde fou à satisfaire. Les fins de journée sont difficiles. Nous ne sommes qu'au début du mois d'août mais Gigi perd patience. Elle ne respecte plus du tout les horaires d'ouverture marqués sur la porte.

10 h-20 h, elle s'en fout. Des boutiques, il y en a des tonnes et personne ne s'est jamais réveillé avec la nécessité vitale d'acheter un tire-bouchon bigorneau. Ah ! Casquettes, ballons, serviettes, la vie est bête ! Et moi, et moi, je ne suis pas là. Je veux dire, je fais les choses sans y réfléchir. Je regarde le monde. C'est un diaporama.

*

Cette nuit encore, impossible de fermer les yeux. Il y a ces mots dans ma tête. Les mots m'arrivent en bourrasques et c'est impossible de ne pas les entendre. Heureusement, à 6 heures, il y a eu du bruit dans la cuisine. C'était Gigi. Je me suis levée pour sortir de ma tête et je suis allée boire un chocolat avec elle. Elle n'a pas arrêté de me parler de ses *topics* sur les forums : *la jauge, les gemmes, l'XP, les grades.* Je n'écoutais qu'un mot sur deux. Je préfère regarder ses grosses mains colorier plumes et becs avec son petit pinceau sur les galets.

Gigi, elle aura passé sa vie ici, sur le port, à peindre des oiseaux sur des cailloux. C'est sans nul doute ce qu'elles savent faire de mieux, ces mains-là. Gigi n'a jamais bougé. À part une fois pour suivre quelqu'un. C'est Titi qui me l'a dit. C'était un jour, elle était jeune et comme tout le monde, elle a eu un projet. Puis bon, elle en est vite revenue.

C'est difficile d'aimer. C'est difficile d'être aimée. C'est difficile de fixer la couleur sur les galets.

*

Ce matin, elle était déchaînée. Elle a plongé dans une boucle dont elle a le secret. Tout y est passé : les poubelles renversées, les travaux, la météo, la pâte à crêpe, la nouvelle devanture du petit libraire, la coiffure de l'infirmier et la taille de mes oreilles, mais c'était moins drôle quand elle a repris son sermon sur l'orientation. Dans ce cas-là, elle déraille et elle se met à parler très vite sans cligner des yeux. *Les plateformes en ligne, les candidatures, les marches à suivre.* Gigi se démène pour me sauver. Elle fait des recherches pourries sur Internet. Elle m'imprime des *fiches conseils* que je ne lis jamais. Elle m'a même inscrite à une journée nulle de formation. Cap Jeunesse, c'est le nom. *La chance, ça se provoque.* Oui, oui, c'est gentil, mais c'est chiant.

Depuis que je ne vais plus au collège, deux phrases reviennent sans cesse. *C'est dur pour vous les jeunes* et *Faut pas lâcher.* En fait, tout ça, c'est parce qu'elle espère me voir y arriver, partir d'ici et vivre ma vie à moi. Elle ne voudrait pas que je devienne *une ombre de la côte* comme ma mère ou Monsieur How Many.

Chacun se débrouille comme il le peut avec la tendresse.

*

Le rendez-vous Cap Jeunesse avait lieu ce matin. Gigi se serait évanouie, je pense, si je n'y étais pas allée.

J'étais attendue au Pôle des Avenirs, derrière la sous-préfecture. J'ai sonné trois fois. Ça ne marchait pas, alors j'ai toqué et la porte en verre s'est déverrouillée. Au bout du couloir, une petite dame m'attendait. Elle avait une très grande paire de lunettes fantaisie avec un verre rond à droite et un carré à gauche. Postée dans son périmètre de validation, elle sécurise les accès. Elle doit se tenir sur la pointe des pieds pour qu'on la voie derrière la vitre et, comme elle est trop petite pour parler dans les trous, elle bouge beaucoup les bras. Après avoir demandé mon numéro, elle a validé mon code puis elle a marqué mon nom sur son écritoire gris en faisant beaucoup de bruit avec son stylo. Ensuite, elle a ouvert sa petite barrière rouge toute poquée qu'elle semblait ravie de lever comme un pont-levis. Elle m'a invitée à bien vouloir patienter dans la salle après les flèches. *Quelqu'un viendra te chercher*.

La salle sentait fort l'infrastructure et l'équipement. Sur la table basse était disposées un tas de revues gondolées qui donnaient sérieusement le cafard. Dedans, c'était plein d'interviews de jeunes actifs avec des publicités pour les mutuelles et les prêts étudiants à taux zéro sur fond de ciel retouché.

Le conseiller venu me chercher avait une tête de poire. Il portait une chemise blanche dont le col et les manches étaient marqués de taches jaunes. Et alors que ce n'était que le matin, il sentait déjà la fin de journée. Dans son bureau marron, il m'a fait asseoir sur un fauteuil au dossier très arrondi contre lequel il est impossible de s'appuyer sans glisser de tout son long. Je lui ai donné la pochette avec tous mes papiers. Et après une lecture attentive, il m'a annoncé qu'on allait faire un point, qu'on allait regarder les choses ensemble. Il semblait être la victime d'un mauvais doublage car sa bouche n'allait jamais avec ce qu'il disait. Il m'a posé un paquet de questions auxquelles j'étais incapable de répondre, alors il a couru à l'autre bout de la pièce pour prendre le plus gros de ses classeurs, qu'il manipulait comme un trésor très précieux. On a passé une heure à regarder les fiches, d'intercalaire en intercalaire. *Le bureau d'information et d'orientation est là pour t'aider à établir ton projet de formation et te guider dans tes démarches d'insertion professionnelle.* Il avait bien appris sa phrase.

Et puis il a eu une idée. Il m'a donné une vieille tablette tactile sur laquelle il m'a fallu répondre à un questionnaire sans fin à l'aide d'un stylet qu'à peu près cent mille personnes avant moi avaient dû tenir d'année en année pour répondre à ces mêmes questions. À mesure que j'avançais dans le test, le conseiller avait les yeux de plus en plus brillants. Il semblait bienheureux que je me plie à l'exercice. *C'est ludique ! C'est ludique ! C'est ludique !* Une fois le test validé, nous avons attendu silencieusement que le logiciel me traite mais, comme j'avais oublié de cocher une case, ça n'a pas abouti. Il semblait visiblement affecté alors j'ai recommencé depuis le départ mais, comme les questions me donnaient la nausée, j'ai tout coché sans réfléchir.

Le résultat était formel. *Bien que tu sois réaliste, tu restes peu entreprenante.* Le conseiller m'a alors invitée à mobiliser mes ressources pour *faire preuve de cohésion en faveur d'une dynamique.* Plusieurs voies semblaient malgré tout possibles. Emballeuse professionnelle, audioprothésiste, hotlineuse, loueuse d'équidés, intégratrice HTML, vendeuse en parfumerie, veilleuse de nuit, contrôleuse de machines à sous, chargée de mission, technicienne de rivière et d'autres choses encore dont je ne me souviens plus. *Il ne faut pas te décourager.* Et, après un long sourire crispé, il m'a donné un bonbon. Mais ce n'était pas fini, il m'a proposé un petit jeu. Le petit jeu, c'était de classer ensemble les fiches métiers par ordre de préférence. À ce moment précis, je peux dire que j'avais devant moi un homme heureux.

Après ce rendez-vous de conseil individuel, j'étais attendue dans la salle des activités. J'y ai rejoint les trois autres personnes convoquées ce matin-là. Toutes devaient avoir leur Gigi qui les avait inscrites. Chacun restait dans son coin en attendant que tout cela se termine.

Mais c'était loin d'être fini. Une dame avec un sifflet rouge et de très grandes bottes a fait son entrée. Dans un silence massif, elle a regardé chacun d'entre nous dans le plus profond des yeux, comme si elle tentait de capturer nos âmes. Elle souriait grand en nous montrant toutes ses dents. À sa demande, nous avons essayé de faire un petit cercle, qui ressemblait plutôt à un carré. La dame s'est placée au centre et elle a mis sa main sur son cœur. Elle a dit son prénom dans une voix chuchotée, comme si elle nous faisait cadeau d'un secret très précieux : *Nadège.* Ensuite, il a fallu faire de même. Se placer un par un au milieu, regarder tout le monde dans les yeux et donner son prénom.

Nadège était là pour nous proposer une série d'exercices pensés pour nous aider à retrouver l'élan. Il fallait marcher à la queue leu leu en prenant soin de ne pas faire tomber un ballon de baudruche que l'on devait maintenir avec notre torse contre le dos de la personne devant nous. Puis, les pieds scotchés, en binôme, nous avons dû nous coordonner afin de courir le plus vite possible pour prendre une fiche métier et la mettre dans sa case secteur d'activité à l'autre bout de la salle. Il fallait se dépêcher car c'était chronométré. Je n'en pouvais plus. Heureusement, elle a conclu et nous a donné un polycopié *Boîte à outils, je m'oriente !* Elle était ravie. *Lorsqu'on fait monter la lumière dans nos yeux, ça peut faire des étoiles.* Le centre de ressources nous était réservé pour la journée. *Vous pouvez consulter la documentation dans la bibliothèque d'information et essayer les simulateurs sur les postes informatiques.* Mais personne n'est resté pour ça.

À la porte, Nadège m'a demandé si ça m'avait plu. J'ai dit *Ouais ouais* pour partir mais elle m'a attrapée par le bras. *Je serais ravie de t'aider à faire un joli* CV. *Il y a des erreurs à éviter.* Un module de conseils avait lieu tous les mercredis. *Il n'y a pas grand monde et en plus c'est gratuit !* Alors qu'elle était déjà en train de m'inscrire dans son tableau, j'ai dit que j'allais d'abord réfléchir et je me suis vite éclipsée.

Dehors, je ne marchais pas très droit.

J'ai été prendre un truc chez Bob. Quand il a vu ma tête, il a plombé ma gaufre de confiture. *Tiens, c'est pour le courage.* Dickers est arrivé comme un dingue vers moi. Il me faisait la tête chagrin. Un énorme 4×4 s'est arrêté d'un coup sec juste à côté de nous. Dickers a failli se faire écraser. Il s'est mis à aboyer à tout-va. La vitre s'est baissée. Une dame à la peau orange mâchait un énorme chewing-gum avec le côté droit de sa mâchoire musclée. Elle s'est mise à me gueuler dessus. *La mer c'est par où, elle est où la mer ?* Les touristes de la promenade se sont tous arrêtés pour la regarder. À l'arrière, il y avait ses trois petits garçons avec des têtes de bébés PDG. Déjà en maillots, et prêts avec leurs seaux, ils piaillaient comme des mouettes à l'heure du retour de pêche. J'ai montré avec mon doigt la mer qui était juste derrière elle. Et elle a redémarré comme une fusée pour se garer un peu plus loin. Le petit train était content qu'elle ait bougé parce que son 4×4 bloquait la circulation. Le conducteur venait de déposer des touristes au terminus et retournait gentiment à la mini-gare pour en récupérer d'autres. Même s'il n'y avait plus personne, la voix enregistrée continuait à présenter aux absents la promenade, la Pierre de l'Ange et les maisons des célébrités locales.

*

Tous les soirs, après la boutique, je vais dans la grande maison de Madame. Pendant ce temps, Gigi pense que je traîne avec Fonfon.

C'est facile. Il suffit de pousser le portillon, prendre la clé dans le nichoir à oiseaux et ouvrir la porte.

À chaque incursion, le cœur bat à mille. Je m'invente des histoires. Je me fais des films. Une fois à l'intérieur, je n'ai plus d'inquiétude. C'est la joie.

Cette maison est devenue ma planque, mon refuge.

Je peux rester là des heures. Loin des touristes, des glaces et des ballons. Je m'allonge sur le gros tapis et je regarde, sans cligner, les rayons sur les reliefs du haut plafond. J'oublie tout. Les gens, l'été et les visites guidées. Je joue avec les touches du piano. Ma voix envahit l'espace. Je ne chante pas. Je parle les mots qui sont dans ma tête. Sans technique, sans méthode, sans arrangements, je me laisse faire. J'improvise.

Je transforme la tristesse.

*

Ce matin, Gigi a décidé qu'elle prendrait son temps. Ça devient vraiment une habitude. *Tant pis pour les touristes !* Elle m'a posé mille questions sur la matinée Cap Jeunesse. Elle ne me lâche pas avec ça. *C'est bien, ça te donne des idées…* Au fond, je crois qu'elle rêve que je me roule dans les fiches métiers tout l'été. *Ça te donne des idées…*

Heureusement, le journal est arrivé. Gigi est restée mutique tout le long de ses mots croisés, mais après les pages des jeux, ce sont celles de la mort. Et quand Gigi en arrive aux pages funéraires, elle n'épargne rien ni personne. Elle s'est étendue au moins une demi-heure sur la mort d'un père de famille tombé devant ses deux enfants. Il aurait glissé en escaladant le Lièvre Gris et il serait tombé de quinze mètres, la tête fracassée contre un rocher. Gigi s'est pris la tête dans les mains. *C'est terrible, c'est terrible, c'est terrible, la mort rôde.*

Et juste après qu'elle ait dit ça, on a entendu frapper en bas. Nous avons toutes les deux poussé un cri. Gigi est descendue ouvrir en tremblant. Heureusement, ce n'était pas la mort en personne mais le destin, le gros lot, la récompense des jours qui donnent. Oui ! Car à la porte il y avait un petit monsieur tout cassé avec un bon de livraison. Gigi a écarquillé très grand les yeux. *Hourra !* Puis, elle a pris le monsieur dans ses bras.

Gigi a gagné un lit.

Elle ne s'en souvenait plus tant elle joue à tout mais, il y a six mois de ça, elle a participé à un concours. Et voilà, c'est elle qui a été tirée, c'est elle qui a gagné.

Un lit. Elle a gagné un lit. Et pas n'importe quel lit, c'est un lit de compétition à mémoire de forme. Avec tout ce qui va avec. Matelas, sommier, oreillers, housses et traversin. C'est la première fois de sa vie que Gigi gagne quelque chose. Elle n'avait pas vu le mail, qui avait sans doute fini dans ses indésirables. Ç'a été une sacrée surprise. Quand il a fallu signer le bon sur l'écran tactile du monsieur, Gigi était toute blanche. Elle n'en revenait pas et on l'a assise car on aurait dit qu'elle allait faire un malaise vagal.

Le monsieur tout cassé a sifflé entre ses doigts et deux stagiaires ont sorti le lit du camion. C'était la galère, heureusement qu'ils étaient trois. Ils ont posé le lit au milieu du salon, entre la table et la télé. On n'arrive toujours pas à comprendre comment, mais ils ont réussi à le faire passer dans l'escalier minuscule de la boutique.

Quand ils sont partis, Gigi a sauté sur le lit. Il était encore emballé de films plastiques mais elle s'est mise à faire l'ange avec les bras, comme dans les romances qui passent à Noël.

Elle m'a demandé d'appeler le voisin qui glousse pour venir l'aider à installer le lit dans sa chambre. Il est con mais il a de gros bras. Elle voulait absolument me donner son ancien matelas. Non merci, il est plus vieux que moi, il est recouvert de taches et de trous de cigarette. Je préfère encore ma paillasse en mousse. Alors Gigi a donné le lit dégueulasse au voisin qui glousse. Il était tellement content qu'il en a gloussé pendant des heures.

Elle nous a embrassés tous les deux et elle a dit un bon mot au petit Jésus.

Il faut remercier la chance quand elle est là.

*

À la boutique, c'était triste aujourd'hui. Les gens ne se rendent pas compte. Puis bon, Gigi je l'adore mais elle me fatigue. Les dates butoirs pour les dépôts de dossier pour les établissements approchent. On est en retard. Elle m'en parle dix fois par jour. *T'as trouvé quelque chose ? T'as complété ton profil ? T'as fait tes motivations ?* Elle me fout la pression. En plus,

Nadège, la dame du Pôle des Avenirs, a appelé pour savoir pourquoi je n'étais pas venue à son atelier pourri de création de cv. Gigi ne comprend pas pourquoi je ne réagis pas. *C'est une chance énorme de pouvoir être aidée.* Elle aurait bien aimé, elle, que quelqu'un l'aide.

C'est triste, elle n'a envie de rien. Elle parle de moi à la troisième personne. À Titi, à Rodrigue, au voisin et même parfois, quand elle est lancée, à certains touristes. Tout le monde a son avis sur mon avenir.

Choisir, prévoir, savoir. Mais moi, je ne veux pas choisir. Je ne veux pas prévoir. Je ne veux pas savoir. Je voudrais juste qu'on me laisse.

Je n'en pouvais plus. Alors quand la livraison est arrivée, j'ai claqué la porte de la boutique et je suis allée marcher le long de la promenade. Face à la mer. J'ai mis le ciel dans mes poumons et, quand le soleil s'est couché, je suis allée retrouver le piano.

J'avais des tempêtes dans la tête.

*

Quand mes mains ont retrouvé l'instrument, elles se sont mises à danser. Avec la tristesse, quelque chose en moi s'est ouvert. Tous les mots me sont sortis en bouquet par la bouche. Je me suis mise à prononcer très rapidement des paroles inédites. Ce n'était pas moi qui parlais. C'était plus grand. Oui ! Plus grand que moi. Je me sentais sans limite. Et l'impossible, j'aurais pu le dire. Les yeux fermés, je laissais les longues phrases improvisées sortir de ma bouche pour river loin l'horizon.

Un mot croisait l'autre puis un autre puis un autre. Je suis devenue spirale. J'avais franchi les seuils et il n'y avait plus ni début ni fin. Je ne savais pas si j'allais creuser la terre ou m'envoler comme un hélicoptère, si je deviendrais foreuse ou hélice. Trop vivante. Je ne pouvais plus m'arrêter. Et tandis que je me sentais plonger loin, loin, loin, dans ce vertige du dedans, une porte a claqué.

La lumière s'est allumée. Sursaut. Impossible de bouger. Pétrifiée. Bouillante. Je transpirais. De partout. Je n'osais pas me retourner. Mon cœur me battait de trop. *Boum.* Dans le ventre. Dans la tête. *Boum* partout : j'ai vu une ombre colorée s'avancer vers moi.

C'était Madame.

Tétanisée. J'ai senti son souffle dans ma nuque.

J'aurais pu m'échapper. Il suffisait de me lever, d'ouvrir la baie vitrée et de courir à travers son jardin jusqu'au portillon. C'était facile mais mon corps est devenu très lourd. Je n'arrivais plus à faire le moindre mouvement. J'étais clouée là.

Elle a posé la main contre mon épaule mouillée. Un chuchotement tout chaud. *Reprends ton poème.* J'ai fermé les yeux pour retrouver mes mots. Aucun son ne sortait. Ma voix s'était logée lourdement dans le fond de mon ventre. Comme je n'y arrivais pas, je me suis tournée vers elle.

Elle portait un kimono vert et de grands bracelets élaborés en argent qui faisaient un bruit de clochette. Ses longs cheveux blonds étaient surmontés d'un coquillage brillant. Elle avait les yeux clairs soulignés par un trait de maquillage bleu. Impossible de me détacher de son regard. Lentement, elle s'est assise à côté de moi en laissant voler dans l'air ses tissus odorants. Elle a posé son éventail noir sur le pupitre de l'instrument. Elle s'est assise à côté de moi et sans me quitter des yeux, elle a commencé à jouer tout doucement. *Allez, vas-y !*

Mot à mot, la phrase dans ma tête est revenue. Timidement. Madame a poussé un cri pour m'encourager. J'ai rempli mes poumons d'un grand souffle et, sur sa musique, j'ai dit tous les mots que je pouvais. Je les disais si vite que j'ai cru que j'allais me noyer dans les phrases. À mesure que ça sortait, Madame faisait de grands rires et tout en continuant de jouer, elle a collé son oreille contre mon dos et elle a commencé à faire des sons avec sa gorge. Cela a duré longtemps. Puis, d'un coup, elle a fermé le couvercle de l'instrument et elle m'a prise dans ses longs bras tout chauds. *Tu es un poème vivant.* Sur sa joue droite coulait une grosse larme bleue. Je ne savais pas comment réagir. Madame a fait un bisou dans le creux de sa main. *Zou ! Zou ! Zou ! Rien n'est grave !* Et, après avoir remis une mèche de cheveux derrière mon oreille, elle m'a prise à nouveau dans ses bras.

Elle m'a fait asseoir dans le canapé en forme de chewing-gum géant et nous avons bu silencieusement une infusion spéciale. Elle me parlait d'ekphrasis, de certitudes et de montée des âmes. Elle n'a posé aucune question sur mes intrusions. *Les anges nous ont donné rendez-vous.* Elle s'approchait de plus en plus près de moi et, au moindre de ses mouvements, une nuée parfumée émanait d'elle, ce qui, se mêlant à la fumée d'encens, créait une odeur très prononcée de cannelle et de musc.

Avec un petit peigne en nacre qu'elle a sorti de son décolleté, elle m'a fait des tresses puis elle m'a demandé si je voulais de la poudre sur mes joues. J'avais perdu la parole.

Elle m'a maquillé les lèvres et les yeux. Elle a tracé une petite lune rose sur mon front. Et elle a trouvé cela splendide. *Dans l'existence, les choses arrivent. Il ne faut pas chercher à toujours tout expliquer.* En me souriant beaucoup des yeux, elle m'a invitée à revenir le lendemain. *Le piano t'attendra.* Puis, elle a écrasé dans un petit bol en bois l'écorce d'un fruit tout vert que je n'avais jamais vu. Elle me l'a glissé dans la main, c'était froid. Elle m'a dit de mordre dedans avant de dormir, que ça allait m'aider.

Je me sentais mal. J'avais des étoiles. J'ai dit merci en inclinant la tête et je suis partie.

*

En quittant la propriété de Madame, j'ai croisé les garçons.

Ils s'étaient incrustés auprès d'une bande de touristes à foulards. Ils se passaient des trucs, poussaient des cris et jouaient avec un des défibrillateurs du port.

Fonfon qui m'a tout de suite vue s'est mis à me faire des grands signes et à m'appeler de loin, mais moi je me sentais trop bizarre. J'avais les yeux en yoyo. Je ne pouvais rien faire d'autre qu'avancer tout droit. Fonfon a couru vers moi. *C'est quoi ton maquillage ? C'est quoi ton maquillage ? Tu viens ? Viens ! Tu viens ?* Je n'arrivais pas à parler. Mais lui, il insistait, il insistait. Et comme il me tirait par la manche, désolée pour lui, mais je lui ai fait une prise en l'attrapant par le coude. Il s'est mis à me gueuler des trucs mais c'était comme si je n'étais plus là.

J'ai marché le long des poubelles renversées jusqu'à la Pierre de l'Ange qui reste éclairée toute la nuit. Je me suis assise sur la plage. J'avais les vagues pour moi toute seule. J'écoutais les oiseaux somnambules. Au loin, sur son petit rocher, Monsieur How Many se faisait l'éternité en privé.

J'avais les loopings dans le ventre. J'essayais de me remettre mais, je ne sais pas pourquoi, un rire du dedans m'a prise jusqu'à la gorge. Alors je l'ai ri, le rire. Impossible de m'arrêter.

Quand je suis rentrée, j'ai monté doucement les marches sans faire de bruit. Les lumières de Gigi étaient encore allumées. La fumée de cigarette s'échappait par-dessous la porte. Gigi écoutait des trucs à fond dans son lit de reine. J'avais l'impression qu'ils étaient cent. Quand je suis entrée dans sa chambre pour lui dire bonne nuit, elle ne m'a pas entendue. Elle parlait et riait toute seule comme si les personnes à l'intérieur des vidéos l'entendaient. Quand elle a levé les yeux pour m'embrasser, elle a explosé de rire en voyant ma lune sur le front. *T'es la fée clochette, toi, maintenant ?* J'ai quitté sa chambre en claquant la porte. *On ne peut plus rien te dire !*

Je me suis lavé le visage. Je me suis allongée et j'ai essayé de fermer les yeux sur mon tumulte du dedans.

*

Aujourd'hui, j'ai fait les belles têtes qu'il faut.

C'est sans doute, depuis le début de l'été, le jour où il y a eu le plus de monde dans La Destination. Partout sur le port, il y avait une heure d'attente pour la moindre boule vanille. C'était l'enfer. Ils sont tous venus pour la fête de la Mer. Entre un concert de musique traditionnelle et une démonstration de nœuds, ils dérivent de stand en boutique. Ils plongent dans nos souvenirs – *un article acheté, le second à moitié prix* – pour s'oublier. Au fond, tous voudraient être seuls sur la côte mais, ici, le bonheur est un service accessible à tous alors ils cohabitent.

Gigi s'est levée très tôt. Elle sentait bien que ça pouvait déborder. Afin d'éviter tout accident dans la boutique, elle a passé la journée à la porte pour filtrer le flux. Elle voulait conserver une fréquentation stable mais les touristes trichent.

Ce n'est pas parce qu'il y a un monde fou que les gens achètent. Ils touchent, ils regardent, ils hésitent mais ils finissent le plus souvent par reposer la carte dans le tourniquet, découragés, peut-être, par la queue à la caisse. Lorsque la voie est directe et libre, les clients réfléchissent moins et se livrent aux passions du moment. Il faut trouver le bon équilibre.

Moi, je n'arrivais à rien de bien. J'avais l'impression d'être à côté de moi. Je m'observais de l'extérieur en train d'encaisser et d'embaluchonner tout ça avec la bonne journée en vous remerciant.

Les mots dans ma tête me hantent et je les sens prêts à déborder à tout moment. Je me rêve ailleurs. Loin. N'importe où hors de ce monde. Mais bon, cela ne m'empêche pas d'emballer des mouettes.

De plus en plus, Gigi aussi se déserte. Sa bouche ne sait plus sourire. Elle ne bouge presque pas. Elle est ici parce qu'il faut être là. On la confond avec les mannequins en plastique de la boutique. C'est la fin mais les gens s'en foutent. Tant que l'élastique ne serre pas trop à la taille. Tant qu'on l'a aussi en plus grand derrière.

Tant qu'on peut emballer les choses ensemble ou séparément. Tant qu'ils peuvent garder le ticket pour un échange ou un remboursement.

En plein milieu de l'après-midi, Gigi a dit *Stop c'est bon.* Elle a foutu tout le monde dehors et elle a fermé le rideau métallique. C'était la libération. Nous nous sommes assises toutes les deux par terre derrière le comptoir. Elle m'a demandé si ça allait et elle a ouvert la caisse pour me donner des billets. *Allez, va prendre l'air, ça te fera du bien.* Elle a attrapé des madeleines sur une étagère. Ni elle ni moi n'en avons mangé. On se regardait en silence et quand j'ai levé la tête nous nous sommes souri.

*

Quand j'ai quitté la boutique, Dickers est sorti du jardinet de Saturnin Prodige et s'est mis à marcher mollement à côté de moi. Il m'a vite abandonnée pour aller se goinfrer aux stands de la fête de la Mer puis il est allé sur la plage pour se rouler dans les algues. Il sait qu'il n'a pas le droit. Il adore provoquer les surveillants.

Place de l'Église, j'ai remonté la longue ruelle avec les stands de jeux en bois. J'ai suivi mes pas jusqu'à la foire des antiquaires qui s'était établie sur le parking Saint-Jean. Les touristes s'y démenaient pour faire affaire. Je me suis perdue dans les clochettes, les maquettes, les boules, les boutons, les Tintin et les outils anciens. Je regardais amis et familles fouiner dans les objets du temps passé, tous plus ou moins pressés d'enfiler les vêtements des morts. À chaque stand, pour tenter d'y retrouver leurs enfances, des chorégraphies de mains vieilles et connaisseuses manipulaient babioles et ustensiles.

Tout se mêlait en mon oreille dans une grande partition de fer, de cuivre, de cuir, de bois, de faïence, de plastique et de verre. C'était trop pour moi. Alors, comme le chagrin est un GPS puissant, j'ai marché jusqu'à la falaise du Lièvre Gris.

Je veux avoir le droit au souffle grand. Je ne veux pas vivre une vie triste.

Je regardais la mer soigner l'horizon et puis il y a eu un petit rire aigu dans la lande.

J'ai tout de suite reconnu la silhouette de Madame. La lumière du soir faisait briller les fils d'or de son kimono. Elle s'est approchée de moi. Quand elle m'a embrassée, j'ai vu que son visage ne souriait pas. Elle avait les yeux rouges comme ceux qui viennent de beaucoup pleurer. Elle m'a serrée dans ses bras chauds et elle m'a sentie très fort la nuque comme si elle voulait me respirer tout entière. *Je t'ai attendue !* Elle m'avait cherchée. *Je déteste les rendez-vous manqués.* Puis, elle m'a fait un sourire immense. Je ne savais pas qu'on pouvait sourire aussi grand. Nous avons marché lentement jusqu'à la pinède. Elle ne me quittait pas des yeux. Je n'arrivais pas à parler. Je l'ai suivie jusque chez elle.

*

Dans son salon, Madame me regardait comme si elle pouvait trouver sur mon visage, dans mon regard ou dans mes gestes, la réponse aux mystères de l'univers.

Elle a allumé deux belles bougies puis elle m'a apporté un grand verre. C'était un mélange de gingembre et de liqueur de je ne sais plus quoi. C'était tellement glacé que ça m'a brûlé les gencives. *C'est ma jolie potion.* Madame en fait beaucoup. C'est intimidant.

Elle a ouvert le piano et a fait danser ses mains sur le clavier. *Le moment est venu.*

Vertige. Impossible de lutter. J'ai plongé dans mes mots du dedans. Et tandis que je touchais l'infini, le piano s'est arrêté.

Madame me regardait chavirer. Les mots m'avaient envahie si vitalement que je n'arrivais plus à m'arrêter. J'allais de plus en plus vite. De plus en plus fort. De plus en plus folle. Et un éclair m'a prise. Choc. Je suis tombée sur le tapis.

Madame a poussé un grand cri. Elle m'a allongée sur son canapé chewing-gum et elle s'est dépêchée de m'apporter de l'eau.

Je m'étais donnée. Je ne pouvais plus bouger. Je m'étais donnée.

La cendre des mots tombait doucement à l'intérieur de moi. Tout m'apparaissait en saccades floues. Le battement de ma tempe. L'humidité de mon dos. L'étirement de mon œil. Le grincement de mes os. Les vagues de frissons. J'étais vidée. Madame m'a donné une pâte de fruit et elle m'a applaudie.

Dans une voix chaude, elle m'a soufflé à l'oreille des bons mots. Et elle m'a aspergée de lotion. *Tout va bien ! Tout va bien !* Et elle est partie me faire couler un bain que je n'ai pas pris puisque je me suis endormie lovée au milieu du chewing-gum.

*

Au réveil, j'ai été saisie d'effroi.

J'ai ouvert les yeux dans une petite chambre verte à la grande literie parfaite.

Je me suis rechaussée et suis descendue en vitesse. Pour m'évader.

J'ai poussé la grande porte sans faire de bruit. J'ai traversé le jardin japonais en courant. Le ciel virait mauve. Il faisait encore nuit.

J'ai pris le chemin jusqu'au port.

Et, quand je suis arrivée sur la promenade, au niveau de Monsieur How Many, j'ai senti que j'aurais pu pleurer, mais non.

*

Gigi ne m'a rien dit, mais j'ai bien vu à ses yeux qu'elle n'avait pas dormi de la nuit.

Quand on a ouvert le rideau métallique, je me suis fait sauter dessus par les loueurs de vélo qui, pointilleux en tout, semblent éternellement fascinés par les usages et les précautions. Pendant ce temps, Gigi, derrière la caisse, restait rivée sur son écran d'ordi. Quand elle levait la tête, c'était pour encaisser. Elle ne faisait aucun effort.

En milieu d'après-midi, une famille dont les membres portaient tous le même tee-shirt est venue acheter des conserves et des trucs. Et c'est un exploit car ils ont réussi à sympathiser avec Gigi qui s'était jusque-là consacrée à faire la gueule. Indifférents à la queue derrière eux, le père et la mère prenaient tout leur temps pour répéter des trucs débiles. *Avec les jeunes, l'été c'est toujours compliqué… Le problème c'est qu'on ne sait plus quoi leur faire faire…* En me montrant du doigt, le père a dit à Gigi *On a les mêmes à la maison.* Puis il a poussé un rire exagérément trop fort qui a fait trembler toute la boutique. Leurs jumeaux derrière eux sont devenus écarlates et il n'en a pas fallu plus pour redémarrer Gigi. Elle s'est mise à dire n'importe quoi. Mais qu'importe ce qu'elle disait, cela semblait les ravir. Ils n'arrêtaient pas de dire *C'est clair c'est clair c'est clair* en remuant la tête très très vite.

Pour finir, les parents ont totalement craqué, ils ont acheté toutes les liqueurs, dix galets et tout un tas de jeux de quilles, de palets et de boules.

La mère m'a demandé si je savais y faire avec les boules. Ce n'est pas compliqué car il n'y a qu'à les jeter en l'air devant soi. Mais Gigi a pris une initiative terrible. *Elle va venir avec vous pour vous montrer.* J'avais beau lui donner des coups derrière le comptoir, Gigi s'enlisait dans sa promesse. Dans aucun monde, je n'aurais voulu passer l'après-midi avec ces têtes de cul.

Gigi me regardait avec son sourire de diablesse. C'était trop tard. Les parents m'ont prise avec eux. Ils étaient enchantés. Ils faisaient de grandes moues délicieuses en contractant leurs bouches vers l'extérieur comme s'ils suçotaient du bout des lèvres un bonbon très bon. Ils nous ont accompagnés jusqu'à la plage et puis ils sont partis expérimenter les nouveaux jets détente de la thalasso.

En moins de temps qu'il ne faut pour le dire, je me suis retrouvée cochonnet à la main, face à la mer, avec les jumeaux pouffeurs.

Sur le sable, les visiteurs avaient déployé leur attirail. On a traversé toute la plage dans l'espoir de trouver un espace libre pour jouer aux boules. C'était pas très pratique.

Ici, à l'année, il ne se passe rien. Mais du début à la fin de la saison, quand les visiteurs sont là, la ville redouble de moyens. Il faut que La Destination soit le plus animée possible. Servir, divertir et délasser, c'est la priorité. Alors, chaque jour, sur le port ou sur la plage gratuite, marchés éphémères, guinguettes et pyrotechnie sont au programme. Cette année, afin que le message soit clair, La Destination a carrément fait suspendre à tous les lampadaires des kakémonos XXL. *Ici on est tous VIP !*

Dans l'aire des animations avait lieu la grande journée des sculptures de plage. Mais, quand on est arrivés, c'était déjà la fin des épreuves. En slip, avec leurs pelles et leurs seaux, les concurrents achevaient leurs sculptures.

Statue de l'île de Pâques, plateau de fruits de mer géant, Ferrari, pyramide inca, Obélix, mont Saint-Michel et, comme toujours, des figures emblématiques telles que la Pierre de l'Ange, le phare des Baleines ou le vieux gréement du port. Chacun s'exprime à sa façon.

Comme c'était un événement organisé grâce à la contribution active des commerçants, une allée de sable était dédiée aux sponsors, dont les logos étaient sculptés afin de les faire rayonner. Cela leur apporte, le temps de l'événement, une chouette visibilité. Mais, la dame de la boutique Lacoste n'était pas contente du tout. Elle criait sur son écurie de sculpteurs. *Ça n'a ni queue ni tête !* Et elle s'est laissée tomber au milieu du champ de bataille. *Je vous faisais confiance !* Il faut dire que le crocodile ressemblait à une grosse belette qui se serait fait rouler dessus par des tractopelles. Les jumeaux, qui avaient vite abandonné notre lamentable tournoi de boules, regardaient ça la bouche ouverte.

Quand la fin de la journée a été sifflée par le président du jury, sculpture terminée ou non, chacun a dû poser ses ustensiles au sol et lever les mains au ciel, comme à la fin des épreuves dans les émissions de cuisine ou des contrôles sur table qu'on faisait au collège avec Mme Lorillon qui, intransigeante en la matière, n'hésitait pas à déchirer les copies doubles des retardataires.

Chaque année, trois œuvres sont consacrées : le prix de la ville, le prix de l'Effort et le prix de la Fantaisie. Les gagnants remportent les honneurs du maire et une photographie grand format de leur sculpture, qui se voit accrochée sur la rambarde métallique de la promenade. Malheureusement, cette année, le président d'honneur n'a parlé que de beauté du geste. Il a déçu tout le monde. *Le jury a décidé que tout le monde avait gagné. Bravo et merci !* À cette annonce, les gens sont devenus fous. Certains sculpteurs en sont allés jusqu'à se rouler dans leur réalisation. Et le jury a dû partir sous les huées et les jets de pelles. C'était triste. Et j'ai cru que les jumeaux allaient se mettre à pleurer.

Les gens quittaient la plage par grappes, franchement déçus par l'issue tragique de cette manifestation qui leur avait pourtant paru prometteuse. Ils étaient bien décidés à se consoler le cœur autour d'une bonne crêpe ou d'un beau poisson.

Moi, je cherchais un moyen de me libérer des jumeaux. Nous avions passé l'après-midi à ne pas nous comprendre. Je leur parlais de la petite crique, ils me parlaient d'esprit critique. Je leur montrais un paquebot, ils regardaient leurs plaques dans le dos. On n'y arrivait pas.

Le moins boutonneux d'entre eux a acheté un énorme panier de chichis et, comme ils avaient passé l'année scolaire dans la même classe, ils se sont mis à imiter leur professeur principal en se faisant des moustaches avec le sucre glace. Super. Mais ils n'étaient pas méchants. Comme moi, comme tous, ils essayaient de trouver leur place dans l'existence humaine.

Et puis bon, on a entendu deux couillons crier au loin. C'étaient Fonfon et Chouillu. Et évidemment, ils nous ont rejoints. Chouillu s'est rué sur les chichis. Il leur a presque tout mangé. Et après chaque chichi, il rotait. *Et ouais, c'est comme ça que ça se passe !* Pour échapper au Fonfon Club, les jumeaux se sont alors découvert une passion subite pour les boules.

Fonfon avait l'air triste. *De toute façon, tout est pourri. Tout est pourri…* Alors, Chouillu lui a fait un kick dans le dos pour rigoler et ils se sont battus dans le sable. Ils roulaient l'un sur l'autre. Comme ils avaient du sable dans les yeux et dans la bouche, ils hurlaient. Diego le secouriste est venu pour les siffler et ils ont arrêté. Ils se sont assis dans les vestiges des sculptures. Et rien.

Chouillu brûlait des trucs avec son briquet. Et Fonfon, qui s'était assis à côté de moi, respirait fort comme un frigo de restaurant. Il n'arrêtait pas de cracher des trucs. *T'as vu ? T'as vu ?* Dégueulasse. Puis, il a ouvert un paquet de chips et dès qu'il y en avait une grosse *T'as vu, t'as vu, y en a une grosse !* Et il la mettait tout entière dans sa bouche. *T'as vu, t'as vu, elle était grosse !*

J'aime bien Fonfon. Pour lui, toute chose a sa valeur et, en même temps, il s'en fout de tout. Comme moi, il est cousu de travers. Et, dans les yeux, il a des larmes qu'il ne sait pas pleurer.

Au milieu de tout, Chouillu a insisté pour nous montrer une vidéo. C'étaient des Américains torses nus qui lançaient des boules de bowling depuis le haut de leur grue privée.

Nous avons passé une heure à regarder ça sur son téléphone. C'était nul mais ça nous a réunis.

La Mèche nous a rejoints et les gars ont commencé à se passer des trucs. Pour les jumeaux, c'était la première fois. Ils voulaient faire leurs preuves : ils en faisaient trop. J'ai cru qu'ils allaient vomir. N'est pas Chouillu qui veut. Et pas de chance, les jumeaux étaient pile en train de se passer un truc quand leurs parents sont arrivés avec leurs peignoirs de la thalasso. Le père a pété un plomb. Il a crié au Fonfon Club qu'ils étaient des cassos et il a foncé sur la plage pour choper ses enfants qu'il a traînés dans le sable jusqu'à leur jolie location.

Tout ça m'avait fait mal à la tête. J'ai laissé les garçons et je suis partie vers le centre nautique où d'autres friqués pliaient leurs voiles. J'ai marché le long de la promenade au milieu des familles attrapeuses de points de vue. Toutes les terrasses étaient bondées. Les visiteurs décortiquaient à tout-va tandis que sur la promenade se tenait un défilé de carrosses à l'intérieur desquels des êtres nous faisaient coucou.

*

À 19 heures, j'ai cherché Gigi partout. La boutique était fermée.

Elle n'était ni dans la réserve, ni dans son lit. Dans l'escalier, j'ai croisé le voisin qui semblait bienheureux de me faire savoir qu'elle était chez Rodrigue le coiffeur. Et puis, évidemment, comme à son habitude, il s'est mis à glousser. Il me dégoûte mais c'est pas grave.

J'ai foncé jusqu'au salon. Elle était bien là. Le glousseur avait raison. Assise dans son siège, elle faisait sa reine. Rodrigue m'a dit d'entrer. *Il y a des bières dans le frigo si tu veux.* Aux pieds de Gigi, Dickers déchiquetait une revue beauté.

Il y en avait partout. Rodrigue lui a donné un coup de pied au cul. Je me suis assise pour feuilleter un des magazines que le chien avait épargnés. C'était un numéro spécial sur les plus belles franges de Cannes.

Gigi faisait sa star. Elle se vantait. *Je fais faire à Rodrigue des heures supplémentaires !*

Quand Rodrigue lui a retiré son tas de trucs dans les cheveux, c'était horrible. *Tadam !* Gigi avait décidé une fois pour toutes de se teindre les cheveux en rouge. *Je m'en fous, je fais ce que je veux. Au moins, rouge, c'est bien, ça change.* Rodrigue trouvait cela sensationnel. Pour fêter le désastre, il exécutait des petits pas de danse dans tous les sens et cela faisait beaucoup rire Gigi qui se tapait la cuisse très fort. *Ah ! T'es con ! T'es con ! T'es con !*

Il est sympa Rodrigue, il s'intéresse aux gens. Il demande toujours comment ça va et c'est sincère.

Il nous a proposé de monter sur son toit pour voir le feu d'artifice et il a ouvert du pétillant. Il ne fallait pas avoir le vertige. Perchés là-haut, loin de la cohue, c'était comme si on y était. Le ciel était couvert mais le feu a quand même été tiré et, des torches aux fontaines, on a tout vu jusqu'au bouquet.

Gigi était aux anges. Elle avait les yeux brillants et semblait trop heureuse avec sa nouvelle couleur.

Rodrigue, qui est quelqu'un de très équipé, nous a fait la démonstration de ses nouvelles enceintes et nous avons dansé. Gigi a voulu m'apprendre ses danses préférées. C'était impossible. Comme je n'arrêtais pas de lui marcher sur les pieds, on a eu un fou rire. Et elle m'a prise dans ses bras.

*

Aujourd'hui, personne n'avait le cœur à rien.

C'était le déluge dehors. Et comme toujours en cas d'averse, les touristes étaient dans tous leurs états. Ils ne savaient pas quoi faire de leurs tristesses alors on les a accueillis par cohortes dans la boutique.

C'est fou ce que l'on peut vendre quand les gens sont tristes.

Entre deux paquets, je m'occupais de la musique. C'est très important la musique dans les magasins. Pour réguler l'humeur générale, des tourniquets jusqu'au comptoir, on ruse. Quand les journées sont difficiles comme aujourd'hui, je passe des musiques chaudes et cadencées qui consolent l'âme d'un souffle regagné. Et, au contraire, quand les journées sont trop belles comme cela arrive quelquefois, il faut temporiser l'humeur en mettant des musiques lentes qui travaillent nos cicatrices. Oui, en fait, il faut être vigilant à ce que rien ne s'emballe, ni dans un sens, ni dans un autre. C'est un équilibre à trouver.

Aujourd'hui, c'était la journée des capes de pluie. Tout le monde voulait sa cape de pluie.

À la moindre goutte, c'est la panique.

Comme il y avait rupture sur tout le port, j'ai fait comme je fais en cas d'urgence. Je prends des sacs-poubelles cinquante litres dans l'arrière-boutique et je propose aux plus angoissés un poncho express. Avec trois coups de ciseaux, les voilà parés à affronter la tempête. Gigi avait vu venir le coup. Quand elle a senti que la météo signerait quatre jours de temps pourri, elle en a profité pour changer le prix des parapluies.

Toute la matinée, on s'est tapé Cindy Paréo qui était bien décidée à nous offrir son plus beau monologue. Elle s'accrochait au comptoir sans se rendre compte qu'elle gênait les clients. On a eu le droit à tout : le tapage nocturne, la météo, son préavis, l'arthrose de je ne sais plus qui, le talus d'à côté et son préjudice moral. Une fois dans son tunnel, vous ne pouvez plus sortir. Elle n'écoute rien. Elle vous prend. Elle vous absorbe. Elle vous capture. Gigi ne peut plus la voir. *Allez, stop, ça suffit !* Et elle a pris Cindy Paréo par la peau du dos pour la foutre à la porte. Mais Cindy était contente quand même. Elle nous faisait coucou dehors à travers la vitrine et puis, à l'entrée, elle a hameçonné sa nouvelle victime à qui elle était bien ravie de resservir tous les chapitres de son existence, dans l'ordre.

*

En milieu d'après-midi, une dame très parfumée qui tenait sa fille avec un harnais a doublé tous les clients dans la queue. Elle brandissait à la vue de tous un petit bracelet rose acheté la veille.

Le fermoir était bloqué.

Gigi a mis ses grosses lunettes qui transforment ses pupilles en pruneaux. *Qu'est-ce que c'est que ça encore ?* Gigi, des qualités, elle en a plein, mais pour tout ce qui concerne la patience et la minutie, ce n'est peut-être pas la meilleure interlocutrice. Avec ses gros doigts, elle a tenté une réparation, essayant, coûte que coûte, de refermer le bracelet autour du bras de la petite qui ne cachait pas sa douleur. Gigi insistait, insistait, insistait. *Y a pas de raison, y a pas de raison, y a pas de raison.* Elle était sur le point de broyer les os de la petite quand, catastrophée par les méthodes empruntées, la mère a poussé un cri.

Gigi s'est arrêtée. *Allez, va prendre un autre bracelet.* La petite nous regardait avec les yeux de la sieste qui essuient tout. Elle s'en foutait bien si bracelet ou pas bracelet. Mais sa mère, loin d'être satisfaite, a demandé à Gigi de faire un geste pour la déconvenue. Gigi est devenue blanche. Un geste, c'était trop pour elle. *Ce n'est pas dans les habitudes du magasin.* Ça a rendu folle la mère. *Vous savez, moi je connais énormément de monde ! Vous pouvez me faire confiance, j'en parlerai partout !* Comme je sentais que Gigi allait devenir dragon, je suis intervenue et j'ai servi les belles phrases dans l'ordre. J'ai dit que bien sûr, que bien entendu, que c'est un plaisir et qu'elles pouvaient choisir ce qui leur ferait plaisir dans la boutique.

En moins de deux secondes, la mère qui vivait le plus beau jour de sa vie a foncé dans les rayons. Elle est revenue, trop contente, avec des savons, un éventail, une bague transparente et un yoyo bigorneau. Elle avait étudié le terrain, pas de doute.

Quand enfin elles sont parties, Gigi m'a fait une tête qui a duré tout le reste de la journée. *Range les bracelets, c'est fini.* L'ambiance, je ne la raconte pas.

Il ne faut pas rentrer dans le jeu de ces gens-là ! Il n'y a pas de pitié à avoir ! Ils font ça pour exister un peu mieux ! Ils vont se passer le mot ! Ma main à couper ! D'autres viendront dans deux ou trois jours pour nous rejouer la scène à l'identique ! Tu ne sais pas, toi ! Tu n'as pas idée ! Il faut que tu apprennes à devenir un peu plus dure ! Sans quoi, ils forcent ! Ils débordent ! Ils abusent !

En fin de journée, le ciel s'est dégagé et l'agitation a laissé place à un calme inattendu. Mais c'est à ce moment que j'ai cru que j'allais mourir.

Madame est entrée dans la boutique.

Je me suis cachée entre les tourniquets et les bornes de recharge des vélos électriques. Madame marchait dans les rayons en faisant des mini-pas. Elle est arrivée à la caisse avec pour trois cents euros de miels, de confitures et de biscuits. Madame a remercié Gigi pour la maison – *C'est la moindre des choses* – et elle lui a donné une enveloppe. Et elles se sont parlé avec beaucoup de politesse : des nouvelles de la région, du temps qui passe et de ce si beau paysage dont, décidément, on ne se lasse pas.

Avant de sortir, Madame m'a regardée en me faisant son grand sourire. *Elle est bien charmante, votre petite.* Elle a demandé à Gigi si je pouvais l'aider avec les confitures jusqu'à sa voiture.

J'ai porté son panier. Éric, son chauffeur, a ouvert le coffre. J'y ai déposé les pots puis Madame m'a fait une grande caresse sur l'épaule.

Tu as un grand talent. Tu dois le travailler.

Madame a toute sa vie pratiqué le piano.

Ses mains ont vieilli sur les touches mais les obligations, l'éducation et les principes ne lui ont pas permis de jouer pour les autres. Avec le temps, Madame s'est habituée à jouer pour elle dans le secret et le retranchement d'une mélancolie que l'on porte dans le ventre. Sa musique exprime la tristesse qu'est celle de vieillir et de voir partir les amis.

Pendant plusieurs années, Madame n'avait pas pu revenir à La Destination à cause du chagrin et des choses de la vie. C'est ici, dans cette maison, qu'elle venait enfant pour les vacances d'été. C'était le point de rendez-vous des événements estivaux.

Aujourd'hui, Madame s'est réconciliée. Malgré les cœurs froissés, elle revient plusieurs fois dans l'année dans la grande maison, pour mettre de l'ordre, faire le tri et s'émouvoir de ce qui résiste au temps. Elle classe ses correspondances et cultive au fond d'elle le projet d'écrire ses Mémoires ou ce qu'il en reste. Tout est passé si vite, alors elle voudrait se risquer à saisir, et à enfin, peut-être, comprendre.

Dans sa chambre, derrière un faux placard, elle a aménagé il y a de cela quelques années une petite pièce qu'elle garde secrète. C'est un réduit très obscur qui sent fort l'orange. Sur la tapisserie pourpre, elle a punaisé une constellation de photographies, de lettres et de brouillons. C'est sa loge des morts. C'est là qu'elle fait le tri, qu'elle écrit et qu'elle parcourt les chemins de sa destinée. Elle ne s'est pas sentie vieillir.

Il arrive, à un moment ou un autre de la journée, au milieu de tout, qu'elle ouvre les bras pour mettre le paysage dans ses poumons. Elle respire grand et applaudit l'horizon.

Madame n'a pas eu d'enfants. C'est un choix. Elle a les mains grises, porte de grandes lunettes de soleil et met du parfum plusieurs fois par jour. Elle se méfie du contre-jour et fait la guerre aux courants d'air. Elle est attentive à la bonne tenue, aux textures et aux belles valeurs. Elle ne porte jamais le même kimono et elle se consacre avec talent à porter les bijoux les plus extravagants qui soient.

Elle fait attention. Elle se tient à toutes les rambardes pour ne pas glisser. Pourtant il lui arrive aussi de danser dans son salon avec des cavaliers invisibles. Et plus elle danse, plus elle rit.

Des bouquets de roses arrivent tous les matins, même le dimanche. Elle sait qui c'est mais elle garde son secret. Madame met les fleurs en vase avec le rire des habitudes.

Le monde actuel la blesse alors elle n'ouvre plus le journal.

Des larmes lui viennent quand elle pense qu'ici, malgré la vie, malgré la mort, tout va pour le mieux.

Plus fort que moi. Je suis retournée chez Madame. Les mots de ma tête la consolent et sa musique me fait du bien, je crois.

Elle avait eu *une jolie idée.* Elle m'a parlé de son ami Jean-Marie le mécène.

L'été quand il est là, Jean-Marie le mécène organise chez lui des petits concerts privés. Des artistes en devenir sont sélectionnés et parrainés par sa fondation. *Ce sont des moments uniques.* Madame estime beaucoup l'oreille de Jean-Marie le mécène. *Il lui suffit de cinq secondes pour reconnaître la beauté ! Tes jolis poèmes feront sensation !*

Si j'en étais d'accord, elle lui glisserait un mot.

La prochaine soirée aurait lieu jeudi prochain. Jean-Marie le mécène connaît tout le monde. *Si tu lui plais, il pourra beaucoup pour toi.*

Franchement, je n'étais pas sûre. Je ne me sentais pas à l'aise avec l'idée de me donner en spectacle. Je n'y avais jamais pensé. J'aurais voulu y réfléchir un peu mais Madame m'a fait son regard bleu et j'ai dit *Oui d'accord.* Madame a fait un bond puis elle m'a arrosée de fragrances. *Pour la vie ! Pour la joie ! Pour la chance !*

J'ai passé la nuit avec une boule dans le ventre.

*

Sur le port, les garçons garçonnent, les touristes touristent et Gigi, ben elle gigise.

Elle reste dans son lit un maximum. Elle s'absente. La fumée de ses cigarettes concurrence les nuages.

Elle complète mes dossiers à ma place.

Les choses sont bêtes. Bulletins, prévisions, cases. Pour le moment je n'ai qu'une certitude. C'est le vertige qui est dans mon ventre.

*

Gigi se laisse avaler par sa literie. Et tous les soirs, je lui mens. Je sors. Je dis que je vais me promener et je retrouve Madame.

Nous préparons une improvisation de cinq minutes pour le Concert. Madame m'accompagnera au piano. Jean-Marie le mécène a donné son accord pour que l'on me présente. Madame me parle d'ombrages, de hiatus et de variations. Et nous plongeons toutes les deux dans nos voix du dedans. Nous n'avons pas besoin de parler pour nous comprendre. Nous nous guidons l'une l'autre. Sa musique vient dans mon ventre et alors mes mots sortent en bourrasques. Quand les mots de ma tête deviennent poème, je ne pense à rien. Il n'y a que cela qui compte.

Je me creuse. Je m'envole.

*

Ce soir, quand je suis arrivée, Madame était en train de faire sécher des bouquets en les suspendant à l'envers.

Dès qu'elle m'a vue, elle a laissé les fleurs et elle m'a embrassé le front sur le perron.

Au piano, je me suis laissé bercer par sa musique et, quand je l'ai rejointe, j'avais des tempêtes dans la voix.

Madame m'entend. Elle me comprend vraiment.

Un monde nouveau apparaît. C'est l'évidence.

Nous nous arrêtons au même moment. C'est fort.

Toute tremblante, elle s'est approchée de moi pour m'enlacer. *De ma vie, je n'ai jamais entendu une chose pareille.* Madame m'encourage à me perdre dans la poésie des accidents. *Le poème est toujours un peu dangereux.* J'apprends à m'ouvrir par le milieu pour lui laisser toute sa place. *La musique guérit et élargit les visions.*

C'est la liberté.

*

Ce matin encore, une cravate est venue.

À la caisse, il a dit à Gigi qu'il souhaitait parler au responsable du magasin. Gigi n'a même pas levé la tête de son ordi. *Vous l'avez devant les yeux très cher, mais il n'a pas le temps de vous recevoir.*

Prêt à tout pour triompher, il phrasait comme un diable un pitch trop bien rodé. Il a ouvert son porte-documents en prenant des airs prestigieux. Il était de ceux qui savent, qui connaissent, qui maîtrisent aléas, risques et prévisions. Mais bon, ça faisait plus pitié qu'autre chose. Il parlait de stratégie de développement, d'astuces facilitatrices, de *branding* inspiré et de ressources franchisables. Gigi dormait à moitié sur sa chaise tandis qu'il continuait son sketch sur les valeurs ajoutées, le marché cible et le budget ventilé sur trois ans. Puis, quand même, car il gênait la queue, Gigi s'est fâchée. *Vous êtes bien gentil mais là vous nous empêchez de travailler.* Mais lui, il jouait son plus grand rôle. On aurait dit un enfant du manège qui n'ayant pas attrapé le pompon ne veut pas sortir de son carrosse. Il s'accrochait à la caisse avec ses graphiques et ses illustrations.

Gigi a utilisé sa technique du silence total qui rend fou.

Elle a ce don d'annuler votre présence en un rien de temps. Elle vous ignore et, tout à coup, vous n'êtes plus là. *Madame ? Madame ? Madame ?* Elle s'en foutait. Elle ouvrait les cartons, rangeait les porte-clés, allait voir les clients et encaissait comme si de rien n'était.

Il a fini par partir. Ils finissent tous par partir.

Il a laissé ses brochures sur le comptoir avec un petit mot sur un post-it. JE REVIENDRAI.

Gigi a traversé la boutique et elle a chassé les touristes en leur offrant des casquettes. Puis elle a ouvert le bac à glaces extérieur. Elle a dit à tous les enfants du port de se servir, et puis elle a baissé le rideau. Elle est montée dans son lit. Il n'était même pas midi.

Depuis qu'elle est membre de diamant dans son jeu, il n'y a plus que cela qui compte. L'idée de se voir déclassée l'angoisse alors elle s'y consacre tout entière. Elle ne fait plus les courses. Elle ne mange pas. Elle ne râle plus. Elle fume, elle rêve et c'est tout.

J'ai attrapé une soupe de poisson dans les rayons. Je l'ai réchauffée. J'ai été la lui porter. Elle était assise toute raide dans son lit. Elle ne m'a même pas regardée. Elle ne bougeait pas. Il n'y avait que ses doigts qui dansaient encore sur les touches de son clavier tout crade.

*

Gigi ne sera jamais partie en vacances. Elle a consacré son existence à servir.

Il y a longtemps, quand son frère était encore là, avant qu'il ne se tue sur la route, ils étaient les plus jeunes sur le port. Aujourd'hui, Gigi est seule et elle est la doyenne des commerçants. Mais plus d'efforts, elle est fatiguée. Ça y est. C'est la fin. Les stocks, les étiquettes, les pochettes, les vélos et la gentillesse, ça fait longtemps qu'elle s'en fout. Maintenant, elle ouvre et elle ferme quand elle veut. *Si ça ne leur plaît pas, tant pis pour eux.*

Gigi a essayé. *J'ai fait ce que j'ai pu.* Elle est allée au bout d'elle-même. *La boutique ira à la banque.*

*

Le soir du Concert approche.

J'apprends à dompter mes mots du dedans. Madame m'aide à me sentir prête. Elle me fait des préparations et prononce des formules. *Pour la vie ! Pour la joie ! Pour la chance !* J'ai peur de ne pas être à la hauteur.

Tous les jours, auprès de Madame au piano, je mets des ailes dans mon cœur. Et je me quitte.

Je parle d'ailleurs.

*

Les paillettes étaient le dress-code de la soirée de Jean-Marie le mécène.

Madame n'aurait pas pu mieux être dans le thème. Elle brillait comme un service d'argenterie. Moi, je n'ai rien eu à faire. Madame avait tout prévu. Elle s'était consacrée, pendant plusieurs jours, à choisir ma tenue. Elle m'avait préparé une robe anthracite avec de discrètes coutures argentées et des chaussures noires à talons. Madame a mis les deux mains sur son cœur. *C'est parfait !*

Dans le salon, Madame a pris beaucoup de plaisir à me coiffer, à me maquiller et à me parfumer. Elle riait comme une petite fille qui joue à la poupée. Elle m'a accroché un ruban pailleté dans les cheveux. Je ressemblais à un œuf de Pâques mais ça lui plaisait beaucoup. *Sublime ! C'est sublime !*

La réception de Jean-Marie le mécène avait lieu dans sa propriété de la rade juste à côté mais, comme Madame fait tout en voiture, Éric son chauffeur de toujours nous attendait, silencieusement. C'est lui qui, chaque jour, conduit Madame à ses rendez-vous, à la thalasso ou dans les paysages qu'elle aime tant.

Avant de partir, j'ai commencé à avoir le souffle court. Je transpirais du dos et j'avais une boule dans le ventre. Pour m'apaiser, Madame m'a donné une préparation brûlante. Il fallait la boire d'un seul coup avec une paille en argent et mordre dans un gros oignon rouge. Une chaleur m'a alors immédiatement envahie. Des pieds jusqu'aux joues, j'ai senti des étoiles.

Quand Éric nous a ouvert les portières de sa belle voiture, j'ai eu l'impression d'être une princesse. Il y était allé à fond avec le diffuseur d'odeur. Ça sentait très fort la vanille mais cela plaît énormément à Madame. *Sublime senteur ! Senteur sublime !* Elle apprécie beaucoup Éric. Comme elle a l'art du bon mot, elle multipliait les compliments sur son véhicule haut de gamme. Fier comme tout, Éric nous parlait de sa voiture comme s'il s'agissait de son propre enfant. *Ah ça ! Y a pas un jour où je ne l'emmène pas à la station pour qu'elle soit impeccable !* La propreté et le standing sont ses raisons de vivre. *Ce sont tous les petits détails qui font le tout.*

Éric avançait lentement pour laisser à Madame le bonheur d'apprécier le panorama. Le soleil couchait tendrement l'horizon. Le ciel en était tout rose. Madame a demandé à Éric d'ouvrir légèrement sa vitre pour laisser le vent chaud caresser nos cheveux. Nous avons roulé ainsi jusqu'à un petit chemin arboré. Un long portail métallique s'est ouvert à notre approche. Éric nous a déposées, puis il est parti se garer plus loin pour nous attendre.

*

Un grand jeune homme du nom de Philibert nous a ouvert. Il était bienheureux de nous présenter les lieux. *C'est une ancienne voilerie qui a été réaménagée par un couple d'architectes adorable !* Partout, on pouvait déceler les signes de l'activité passée. Mécanismes et vieilles poulies avaient été transformés en un très beau système de luminaires. Leur béton ciré avait gardé intactes les lignes de marquage et les flèches peintes accompagnées d'inscriptions d'origine que l'on déchiffrait entre nos jambes. Tableaux de contrôle, portemanteau des ouvriers, vieilles caisses, rouages, vis et matériel technique avaient été maintenus dans leur jus pour rappeler au regard de tous que le monde avait changé.

À peine sommes-nous entrées dans la grande salle que Jean-Marie le mécène a attrapé Madame entre ses petits bras moites. *Mais tu es là, ma chérie !* Ils sont restés collés longtemps l'un contre l'autre en se chuchotant dans le creux de l'oreille des choses qui les faisaient pouffer. *Divine, tu es divine !* Il était tout rouge. Il avait la chemise trempée d'une sueur qu'un parfum puissant recouvrait.

Madame m'a présentée. *Cette petite sauvera le monde par ses beautés et sa poésie !* Jean-Marie le mécène a poussé un grand *Oh ! C'est beau la jeunesse !* Une dame trop maquillée a foncé vers nous. *Oh ! Mais voilà le plus beau !* Et elle a pris Jean-Marie le mécène dans les bras. Ils se sont même fait un piou. Tous ici semblaient avoir besoin de se serrer. *Mais vous n'avez toujours pas de coupes, les chéries ! Le beau Wilfried va vous servir.* Et le beau Wilfried nous a servies.

Il y avait une cinquantaine de convives, venus là pour faire belles poses et jolies voix. Ils avaient tous le corps des magazines et passaient d'une langue à l'autre en riant très fort. Comme il s'agissait d'une soirée à paillettes, de la cravate à la broche, tous avaient fait leur petit effort. Les dames portaient de petits chapeaux sophistiqués. Aucune d'entre elles n'avait le même rouge sur les lèvres.

Madame m'avait expliqué que toutes les semaines où il réside ici, Jean-Marie le mécène invite chez lui les amoureux des grandes choses. En plus de sa programmation musicale, il expose au regard une sélection d'œuvres d'artistes triés sur le volet. Il profite de ces soirées pour mettre en valeur les plus belles pièces de sa collection hétéroclite : gorilles fluo, pyramide de parpaings, sculptures translucides, chevaux en inox et une banane en marbre blanc autour de laquelle, ce soir, tous gravitaient pour aller tremper leurs crevettes dans la mayonnaise maison.

Je ne savais pas où me mettre. Je me laissais conduire en restant dans l'ombre de Madame.

Dehors, le jardin donnait accès à la plage. Des jeunes de mon âge à la peau parfaite étaient étendus sur des transats futuristes. Je me demandais si je pouvais m'approcher quand, tout à coup, il y a eu un attroupement autour de Capucine, la petite-fille de Jean-Marie le mécène. Elle était du rang des mini-reines et se consacrait à être au centre de l'attention, bien consciente d'être formidable. *Capucine revient d'un séjour d'actions humanitaires absolument fantastique.* Elle en avait rapporté un jeu auquel elle était bien décidée à convertir le plus grand nombre. *Je crois que ça s'appelle le ziti, le zikikiti.* L'ensemble était composé de petits cerceaux de couleur et de boules en bois chiffrées de plusieurs tailles. *Le jeu consiste à se passer les boules en courant en équipe tout en évitant de les redonner au dernier joueur qui a reçu le plus petit cerceau, de telle façon que le plus grand soit central vis-à-vis du sens de rotation et, pour être immunisé, il faut s'allonger par terre.* Bref, rien compris. En tout cas, tous les parents ont obligé leurs enfants à participer. Ils regardaient ça comme une finale de Coupe du monde. Et, évidemment, l'impératrice a remporté toutes les parties.

Quand l'intérêt pour le jeu s'est essoufflé, une dame qui sentait très fort la cannelle est venue me respirer.

Elle avait un peu trop bu alors, pendant vingt trente minutes, elle m'a hurlé dans les oreilles l'historique de son cheminement intérieur. Pendant un temps infini, elle m'a expliqué qu'il lui était de première importance de donner un nom à chacune de ses plantes, sans quoi il leur serait fort pénible de pouvoir s'épanouir dans leurs moi intérieurs. Et quand j'ai dit que j'aimais bien les arbres de la pinède, elle m'a montré un diaporama sur son téléphone en appelant mon attention sur telle nervure, sur telle feuille. *Le cœur rompu oublie trop souvent la beauté symbolique de ces choses-là.* Quand elle a abordé les racines, elle a fondu en larmes. *C'est injuste que nous autres puissions nous mouvoir à travers le monde tandis que mes chéries sont condamnées au périmètre réduit de leurs pots.* Puis, a débarqué une trilogie de dames qui dégustaient des cerises confites avec des airs subjugués. Elles ne laissaient aucun doute quant au fait qu'elles trouvaient tout ce qu'elles voyaient délicieux. *Ô temps suspendu ! Ô souffle conquis ! Je suis ici pour le bon temps, le grand air et les amis ! À nous et vive l'amour !* Elles ont porté au moins dix toasts. Moi, je ne savais rien dire. Je souriais bêtement et quand les dames riaient, je riais aussi. Je cherchais Madame du regard pour me sortir de ces conversations.

Au milieu de tout, un garçon réussi a soufflé de toutes ses forces dans un cor de chasse. C'était l'appel. Et tous se sont réunis docilement autour de la belle estrade installée pour l'occasion dans le jardin.

Jean-Marie le mécène s'est levé de son gros pouf mauve. Il a remercié tout le monde. Il se félicitait de ces soirées qui, chaque fois, étaient pour lui aussi exquises que précieuses. *Merci, merci ! Vous pouvez pas savoir ! C'est la bulle dont j'ai besoin pour m'oxygéner le cœur d'amours et de beautés ! Vous êtes juste géniaux ! La vraie famille que je n'ai jamais eu la chance d'avoir quand j'étais môme. Grâce à vous, je rattrape le temps !* Et puis, un peu plus tard, dans une voix nouée par l'émotion, il a annoncé qu'il venait de racheter les deux petites écoles de la rade. *Un beau projet encore.*

Puis, l'heure des surprises a sonné. Une bande de jeunes très bien coiffés a surgi. Ils ont fait un discours en vieux français avec un jeu de scène dans lequel ils mangeaient des raisins.

À la fin de la déclamation, des employés sont arrivés avec un diable charge lourde et ils ont déposé une grosse caisse en bois aux pieds de Jean-Marie le mécène. L'émotion le faisait respirer fort comme la clim du petit train de la promenade. Il a fait tomber sa tête suante à l'intérieur de ses deux grandes mains. *Mais vous êtes fous mes petits chéris !* Il avait devant les yeux le nec plus ultra de la découpeuse à jambon. *Viva !* Conçue sur mesure, la lame circulaire avait été personnalisée. *Jean-Marie – à nos quarante ans d'amitié et d'amour.* Tous se sont pris dans les bras. *Bravi !* Mais ce n'était pas fini. La femme de Jean-Marie le mécène est alors arrivée escortée par quatre personnes très musclées. Elles ont acheminé deux larges plateaux sur lesquels étaient posées deux énormes cloches de service en argent qu'elles ont déposés à la vue de tous. *Mon Jean-Marie, laquelle des deux cloches désires-tu déclocher en premier ?* Il a immédiatement choisi la plus grosse des deux. Sa femme a déclo-ché et est alors apparu roulé en boule Gabriel, le petit dernier de la famille. Deux ans et demi.

Il était tout fier dans son costume de cochon aux belles oreilles brodées mais il paraissait intimidé par l'assemblée. La femme de Jean-Marie le mécène a tapé sur les fesses du petit pour qu'il fasse sa chanson. L'enfant restait silencieux. À force d'insistance et d'encouragements, il a néanmoins donné un petit couinement furtif. Ç'a été un triomphe. Tout le monde l'a applaudi. Il est devenu tout rouge. Et plus il devenait rouge, plus les invités criaient bravo.

Quand la deuxième cloche a été soulevée, on a découvert un gros jambon pata negra qui semblait peser une tonne. À la vue du jambon, Jean-Marie le mécène a eu les yeux tout mouillés. En tremblant des genoux, il est monté sur l'estrade et il a couru vers le jambon et son petit-fils – dans cet ordre – pour les embrasser tous les deux.

*

Une clochette a retenti. *À nous la grande musique !*

Tous se sont dirigés vers l'auditorium.

Je ne me sentais pas très bien. J'avais des étoiles. Madame est venue à côté de moi pour me donner des feuilles roses à mâcher en vitesse et elle m'a fait un petit sort. *Pour la vie ! Pour la joie ! Pour la chance !*

Debout à côté du piano, Jean-Marie le mécène a annoncé la programmation. Quand il a dit mon nom, j'ai eu très chaud. Madame, qui semblait nager dans le bonheur, a mis sa main dans mon dos pour me soutenir.

Pour commencer, un monsieur tout gris a joué deux courtes pièces de Chopin. Des dames prenaient des notes. *C'est très beau mais le pauvre a de bien trop gros doigts pour jouer cette musique-là.* Puis, une vieille dame à la peau toute recouverte de miroirs s'est avancée dans la lumière. Experte en lied, elle a chanté très longtemps. Elle gonflait excessivement sa poitrine. Ses yeux étaient tout blancs et, à chaque note, je sentais son haleine. À la fin, les gens se sont levés. *C'était charmant.*

Et ça a été mon tour.

*

Puisqu'elle était ma marraine de soirée, Madame est montée sur l'estrade pour me présenter. *Vous allez voir, vous allez voir, cette petite est prodigieuse et prodigueuse d'éclats fameux !* Cela fit son effet de réactions polies et l'assemblée a applaudi. Madame s'est assise au piano, transcendée par l'excitation du moment. Moi, j'étais au comble de la gêne. En plus, mon gros ruban n'arrêtait pas de me passer devant les yeux. Je ne voyais rien devant moi. Je me sentais ridicule.

La lumière s'est braquée sur moi, c'était trop tard. J'étais seule dans le cercle lumineux. Je tremblais de la tête aux pieds. Je n'arrivais pas à bouger, paralysée dans une vapeur de moi.

Madame au piano avait déjà plongé dans ses notes. C'était à mon tour de la rejoindre mais je n'y arrivais pas. Non, je n'arrivais pas à commencer. On aurait dit un regroupement de CPE aux bras croisés. Madame, étonnée de ne pas m'entendre, a levé les yeux sur moi pour me sourire. *Pour la vie ! Pour la chance ! Pour la joie !* Un élan m'a prise par le ventre et les mots me sont arrivés en tornade.

J'ai suivi loin mes mots du dedans. Et mieux que jamais, je soulevais les intervalles. Je creusais les interstices. Je chevauchais mes fracasses. J'étais lancée. Impossible d'arrêter l'ouragan. Sans loi. Sans ordre. Sans structure. Le poème est arrivé. Je me sentais vivante de toute ma vie.

Mais face à moi, un grand rire gras s'est élevé. Celui de Jean-Marie, le mécène. Puis, comme une vague, d'autres rires se sont joints au sien, nombreux, et incontrôlables.

Arrêtez ! Je me suis arrêtée. *Allumez la lumière !* Jean-Marie le mécène est venu lui-même me chercher. Il m'a fait une tape chaude sur l'épaule et a dit bien fort *Merci mademoiselle pour cette horreur.* Son personnel m'a évacuée pour me faire prendre les escaliers vers la sortie.

Tous pleuraient de rire. Je me sentais conne.

Madame nous a suivis. Elle s'est approchée de moi. *C'est pas grave, la vie c'est comme ça.* Quand elle a voulu me faire une caresse sur la tête, je l'ai repoussée. J'ai ouvert la grande porte et j'ai foncé. Dans l'allée de graviers, tout en courant, j'ai jeté tous les trucs qu'elle m'avait collés dans les cheveux.

Dans ma gorge, il n'y avait ni larmes ni tristesse. Juste la rage. Madame m'a crié de l'attendre. J'ai pris le chemin des landes que la voiture d'Éric ne pourrait pas prendre. Je ne me suis pas retournée. J'ai tracé dans la nuit toute mauve.

*

Je laissais le vent me faire les contours. J'ai marché dans les rochers jusqu'au caillou de Monsieur How Many. Je me suis assise à côté de lui qui regardait loin devant.

Un jour, cet homme s'était promis de compter jusqu'à la fin des jours. Et depuis, sans faillir, il est là. Il s'est tenu promesse. Je l'ai écouté passer plusieurs milliers.

Au loin sur la plage, j'ai entendu les voix des garçons.

Monsieur How Many a interrompu un instant son compte. Il s'est tourné vers moi et il m'a souri. Lui et moi étions les membres d'une même famille.

*

Je suis allée retrouver la Mèche, Chouillu et Fonfon. *Alors ?* Ils se sont foutus de la gueule de ma robe. Je les ai enlacés tous les trois.

*

On a marché sans but le long de la promenade. Fonfon sautait au-dessus de chaque barrière. *T'as vu ? T'as vu ?* Et quand Chouillu me l'a proposé, j'ai gobé son mélange sans hésiter. Ça me tournait. C'était bien.

Derrière l'office de tourisme, on a entendu du bruit. Ça venait du grand barnum. Il y avait là plusieurs bandes qui s'étaient posées pour fumer et se passer des trucs. Des enceintes crachaient différentes musiques, si fort qu'on ne s'entendait pas. Fonfon, qui connaît tout le monde, est allé dire salut pour taxer des trucs. Un gars avec une tête de surfeur a demandé à tous de couper leurs musiques et il a mis la sienne super forte. Debout sur une table, il a forcé tout le monde à danser sa danse. *Dansez, là ! Putain, allez ! Dansez !* Il fallait faire des petits cercles avec les genoux et bouger les bras pour imiter les tentacules d'un poulpe. Il cognait tous ceux qui ne dansaient pas. Quand il est venu vers nous, Chouillu l'a contré si fort avec son poing que le gars s'est pris un rebord. Il s'est mis à pisser du sang. Il y en avait partout mais personne ne s'est inquiété. Chouillu lui a quand même donné son tee-shirt de sport pour arrêter la fuite et puis ils se sont roulés des trucs.

Comme le voisinage s'est plaint, Fred le vigile est arrivé avec ses chiens. Tous ont détalé. Ne restait plus que le Fonfon Club.

Fred, ce n'est pas quelqu'un de rassurant. Il tremble tout le temps et il adore plaquer les jeunes contre des murs. Il a peut-être un peu trop joué à la guerre. Quand il demande ce qu'il y a dans les bouteilles, il fait exprès d'éblouir avec sa lampe torche. Mais s'il aveugle son monde, c'est pour qu'on ne voie pas qu'il pleure. Il ne va pas très bien. Il nous fait des discours. *Il se passe des choses. Vos parents n'ont pas conscience de vous laisser. Le danger est partout. Surtout en été.* Mais il sait qu'il ne peut rien nous faire. Il a juste pris nos noms sur un papier et il nous a dit de nous casser.

On a marché sur la promenade mais, partout où nous allions, les touristes sortaient de leurs locations pour nous crier *Chut !*

Chouillu et la Mèche n'arrêtaient pas de me passer des trucs et ça me faisait les joues chaudes. Fonfon a collé son oreille contre ma tête. Il a dit que j'étais un coquillage parce qu'on y entendait la mer et puis il est tombé par terre. Alors, en un grand rire, il m'a montré ses dents toutes jaunes et ses yeux qui attrapent l'horizon. *Qu'est-ce qu'on fait ?* J'ai eu le cœur qui s'est mis à battre hyper vite. *Je crois que j'ai une idée.*

*

Le portail était fermé. Pas de voitures. Pas de lumières. Madame avait préféré rester auprès de ses amis.

J'ai pris la clé. C'était facile. J'ai ouvert la porte.

Je voulais leur montrer la grande vie.

Mais ç'a été la folie.

La Mèche a appelé tout le monde. Et, en même pas cinq minutes, une bande nous a rejoints. Puis une autre. Puis une autre. Je ne connaissais personne. Je ne maîtrisais plus rien. C'était trop tard.

Cris et tumulte.

Les phares de la voiture d'Éric ont éclairé l'allée.

Le portail s'est ouvert.

Madame est sortie du véhicule.

Elle s'est approchée. Lentement.

Les fenêtres venaient d'être cassées.

Et la bibliothèque, basculée.

Un carnage.

Les liqueurs colorées. Les flacons de parfum. Les alcools rares. Les vieux livres. Les vases peints. Les cadres dorés. Les vieilles sculptures.

Les rideaux neufs. Les belles nappes. Les lettres secrètes. Les souvenirs de l'enfance.

Saccagés.

Les tableaux, décrochés. La vaisselle, brisée. Et le piano, retourné.

Et même la grosse lune suspendue avait été dévissée.

Et puis voilà.

Rires et folie. Il n'y avait plus de limite.

Éric a appelé la police.

Quand elle est arrivée, tous étaient déjà partis se cacher dans la lande.

La maison avait été désertée aussi vite qu'elle avait été envahie.

Il ne restait plus que Madame et moi au milieu du chaos.

Elle m'a serrée dans ses longs bras chauds. M'a respirée. M'a poussée dans le dos pour que je rejoigne Fonfon, la Mèche, Chouillu et les autres.

Je tremblais.

*

Ceux qui ont décroché la lune l'avaient fait rouler jusqu'à la mer. On l'a retrouvée le lendemain au milieu du port. Après tout ça, la police a insisté auprès de Madame pour qu'elle porte plainte. Elle ne l'a pas souhaité. *Qu'est-ce que vous voulez !* Alors il ne s'est rien passé. *Ce qui est fait est fait.* Et ils n'ont rien pu faire. *C'est comme ça !* Madame a quitté La Destination ce matin. *C'est comme ça.*

*

Dans La Destination, tout le monde parle de ce qui s'est passé. L'événement est devenu une histoire. Mais bon, les histoires, qu'est-ce que ça peut ?

On dit que Madame reviendra peut-être pour les fêtes.

Et moi, je crois que ça va.

Ces jours-ci, je suis restée auprès de Gigi. Elle sent la sieste trop faite et elle n'ouvre plus. Non. Plus du tout. Hier, elle a fini par me trouver une école. Et depuis, elle ne se lève plus. Elle se laisse manger par son lit. L'existence l'a rendue toute bleue. Je la regarde dormir comme une sainte. Et je lui promets que je serai toujours là.

La boutique qui reste fermée, ça fait de la peine à voir. Mais croyez bien que tout le monde s'en fout. Ça ne manque à personne. À part pour les vélos. C'est à peine si les voisins, Bob, Rodrigue ou le glousseur ont lancé un petit *C'est dommage*. Les gens ne s'intéressent pas aux vertiges du dedans. Ils sont tous trop occupés à savoir qui est où, quoi est à qui, qui fait quoi, quand, où et pourquoi.

C'est bientôt la fin de la saison. Les toucheurs ont toujours leur Pierre à toucher et les locations sont pleines à craquer. Les terrasses sont encore pleines, les tables collent sous les coudes et les serveurs courent d'un mangeur de crêpe à l'autre. Les serviettes sèchent aux fenêtres, les tongs continuent de claquer sur la promenade et les baigneurs tardifs s'abandonnent à une ultime sieste sous un soleil déjà plus bas.

Et puis, bientôt, l'heure sera aux adieux. Les touristes s'en iront, certains le cœur serré, d'autres avec la légèreté de ceux qui savent qu'ils reviendront. Peu à peu, il ne restera que nous autres, repliant les décors de notre théâtre, dans l'attente de l'été prochain. La Destination retrouvera son vrai visage. Celui qu'elle a quand on n'attend plus rien d'elle.

Gigi aura passé sa vie ici, à servir et à travailler un sourire fabriqué pour les autres.

Peu à peu, elle a fait corps avec son décor. Jusqu'à ce qu'on ne la remarque plus.

La vie, pour Gigi, ç'aura été ça : la morte puis la pleine saison, les petits couscous derrière la vitrine, les menus services, les longues nuits d'insomnie, les jeux, les liqueurs dégueulasses, les volutes bleutées de ses cigarettes, les chagrins rentrés, les drapeaux hissés, la voiture encastrée, les éclats de voix autour d'un comptoir collant, les lettres jamais envoyées, les tickets de loto froissés dans la poche de son tablier, les adieux donnés du bout des yeux, la lumière blafarde du néon qui clignote dans la réserve, les petites fleurs cousues à même les rideaux, le goût du sel sur les lèvres, les poignées de main qui se relâchent et la beauté des éclaircies.

La vie, avec ses traites et ses factures, l'a amarrée là plus sûrement qu'une ancre plantée dans la vase du port. Elle a passé son temps à regarder, au loin, les bateaux arriver puis repartir, et à accueillir le monde sans jamais pouvoir le parcourir. Gigi n'est jamais allée de l'autre côté de la rive. Pourtant, chaque matin et chaque soir, elle remerciait le soleil qui, lui, poursuivait sa course dans l'univers.

Quand la petite a poussé la porte de la boutique pour la première fois, Gigi a tout de suite compris. Sans famille, toutes les deux, elles ont formé une bande et se sont aimées. C'était simple.

Dans la boutique flotte toujours un mélange d'air marin, de poussière et de tabac froid ; le carrelage, usé à force d'allées et venues, marque, par effacement, l'endroit précis où Gigi s'est tenue jour après jour, pendant tant d'années. Les touristes venaient ici pour rapporter un fragment d'été, un reliquat d'une joie, d'un espoir ou d'un moment qu'on ne parvient jamais vraiment à garder en soi. Mais de quoi ces souvenirs sont-ils la mémoire ? Avec le temps, leur éclat s'émousse, leurs couleurs se ternissent, et les émotions s'étiolent peu à peu.

Un soir, Gigi n'a plus eu la force de se lever pour contempler la mer par la fenêtre. Elle a demandé qu'on lui raconte les couchers de soleil et le ballet des mouettes. Elle se revoyait plus jeune en train de chanter sur la digue. On dit que la voix que l'on a dans sa tête ne vieillit pas ; toute sa vie durant, on porte en soi la même musique. Elle a posé ses deux mains sur son cœur et, les yeux fermés, elle imaginait le tableau, son plus grand sourire aux lèvres.

La petite lui a parlé des falaises, des îles au loin, des landes et de la promenade déserte, pour la rassurer un peu.

Rien n'a vraiment changé.

OUVRAGE RÉALISÉ
PAR L'ATELIER GRAPHIQUE ACTES SUD
REPRODUIT ET ACHEVÉ D'IMPRIMER
EN AVRIL 2025
PAR NORMANDIE ROTO IMPRESSION
À LONRAI
POUR LE COMPTE DES ÉDITIONS
ACTES SUD
LE MÉJAN
PLACE NINA-BERBEROVA
13200 ARLES

DÉPÔT LÉGAL
1re ÉDITION : MAI 2025
N° impr. : 2501135
(Imprimé en France)